Le Mystère du pont Gustave-Flaubert
« polar décalé »
par
Pierre Thiry

Édition du bicentenaire
1821-2021

Pierre Thiry
anime régulièrement des ateliers d'écriture.
Il également auteur de

Romans
Ramsès au pays des points-virgules BoD 2009
Le Mystère du pont Gustave-Flaubert BoD 2012 (épuisé)

Recueils de poésie
Ce voyage sera-t-il mélodieux, BoD 2021
Termine au logis, BoD 2020
Sois danse au vent, BoD 2020

La Trilogie des Sansonnets (trois cents sonnets publiés de 2015 à 2019) :
Sansonnets un cygne à l'envers, BoD 2015
Sansonnets aux sirènes s'arriment, BoD 2018
Sansonnet sait du bouleau BoD 2019

Contes pour enfants

Isidore Tiperanole et les trois lapins de Montceau-les-Mines BoD 2011
La Princesse Élodie de Zèbrazur et Augustin le chien qui faisait n'importe quoi BoD 2017

Consultez
http://www.pierre-thiry.fr

Le Mystère
du pont Gustave-Flaubert
par
Pierre Thiry

« Polar décalé »

Édition du bicentenaire
1821-2021

Chapitre I

Sur les quais la fête bat son plein : grands voiliers, lumières, musiques. Dans les brouhahas de la sono, la foule grouille le long des grands trois-mâts amarrés.

Mercredi 5 Juillet 2017[1], comme tous les quatre ans, a lieu un grand rassemblement de voiliers sur le port maritime de Rouen. Il pleut. Un temps gris, maussade, à ne pas mettre le nez dehors. Au-delà des quais, il fait déjà sombre. La nuit est tombée. En juillet aussi la nuit peut s'abattre, en juillet aussi la pluie peut dégringoler.

Jules Kostelos est enfermé chez lui. Assis sur son fauteuil Voltaire, il se livre à sa gymnastique préférée : la lecture. Il survole avec agilité les phrases qui s'écoulent sous ses yeux ; en savoure le rythme. Il se laisse bercer par le flot des substantifs, verbes, adverbes et adjectifs. Bondissant de virgules en points-virgules, il pirouette sur les points finaux pleins de finesse ; admire la svelte anatomie de cette prose rendue légère par les muscles fermes de sa ponctuation.

Le livre qu'il feuillette fait dix-neuf centimètres de large sur vingt-trois centimètres de haut. Ouvert, il fait donc trente-huit centimètres de large. Il a l'allure d'un petit magazine, mais c'est un livre, un vieux livre en papier, un vrai livre. Il porte en lui le parfum de toutes les

---

1 Date purement fictive, il n'y a jamais eu de rassemblement de grands voiliers à Rouen en 2017, l'ouvrage que vous avez entre les mains est une œuvre de pure fiction. Les dernières éditions de ces grands rassemblements ont eu lieu en 2008, en 2013, en 2019 et la prochaine devrait avoir lieu en juin 2023.

bibliothèques dans lesquelles il a séjourné.

Il est souple, fait d'un papier mat au toucher, assez épais, jauni par le temps. Sur la dernière page, une mention indique qu'il a été « imprimé pour la collection Le Livre de demain sur les presses de Louis Bellenand et Fils à Fontenay-aux-Roses ». La date d'impression n'est pas indiquée. L'état du papier, moucheté de petites taches d'humidité, laisse supposer qu'il a été imprimé entre mil-neuf-cent-vingt et mil-neuf-cent-trente.

C'est du moins ce que suppose Jules. La couverture est jaune. Elle est ornée, dans sa partie inférieure d'une frise d'encre noire, faite d'arabesques, de feuillages et de branchages mêlés. Sous ce motif, on peut lire la mention : « prix : deux francs cinquante centimes ».

Au-dessus des arabesques, on lit en caractères plus épais, plus gras :
« LE LIVRE DE DEMAIN »
et sur la ligne du dessous, en plus petit :
« Arthème Fayard & Cie Éditeur Paris » ;
un peu plus haut en caractères d'imprimerie désuets et démodés :
« 30 BOIS ORIGINAUX DE LE MEILLEUR, LEBEDEFF, DESLIGNÈRES » ;
en remontant encore, en caractères gras, d'une taille beaucoup plus imposante, une inscription de onze centimètres virgule cinq de large sur deux centimètres de haut :
« TROIS CONTES ».

Entre la partie supérieure de la page et ce titre, sur la même largeur, imprimée en caractères d'une hauteur de six millimètres s'étale la mention : « Gustave Flaubert ».

Il s'agit donc d'un ouvrage du romancier rouennais, le fameux, Gustave Flaubert, celui dont nul n'ignore plus l'existence, depuis qu'un pont — et pas n'importe lequel — porte haut ses couleurs au-dessus de la Seine, à Rouen, en direction de la mer, au milieu du port maritime, narguant les voiliers de ses hauts piliers de béton et de son nom, non moins auguste : Gustave…

Gustave Flaubert… un des auteurs préférés de Jules depuis que… Mais n'anticipons pas.

Rêveur comme on peut l'être en juillet, il laisse ses yeux vagabonder sur les pages cinquante-deux et cinquante-trois. Celle de gauche, la page cinquante-deux, est tout entière occupée par une gravure en noir et blanc (un des « bois originaux » mentionnés sur la couverture).

La scène représente deux individus. Ils sont presque collés l'un à l'autre. Celui de droite est vêtu à la mode médiévale, telle qu'on l'imaginait dans les années mille-neuf-cent-trente. Il a la tête auréolée d'une espèce de lumière. Un foulard est noué autour de son cou, comme ceux des cow-boys dans les westerns. Une ceinture, ou plutôt une étoffe, lui serre la taille et tient fermé son vêtement qui lui arrive à mi-cuisse. Il n'a pas de souliers. Il tient l'une des extrémités de l'étoffe qui lui sert de ceinture de sa main gauche. Son bras droit est passé autour de la taille du personnage situé à sa gauche.

Celui-ci n'a guère l'air plus florissant. Maigre, à peine habillé, une pièce du tissu noué autour de la taille. Ses côtes saillent sous sa peau qui a été émaillée par le graveur d'une foule de petits traits : boutons, signes de maladie, cicatrices, signes de négligence ? Poils collés sur le corps peut-être. Ce personnage a une allure de vagabond, vient-il d'être sauvé de la noyade ? Il semble devoir inspirer la pitié. Il paraît même avoir froid. Sans doute est-ce pour cela qu'il place sa main droite sous la tunique de son comparse, l'individu nimbé de lumière. Avec toute cette irradiation, il doit avoir chaud, celui-ci.

Derrière les deux personnages, à hauteur de leurs cuisses, sont dessinés des arbustes, des champs, une colline avec des tours, celles d'un château. L'ensemble pourrait vouloir rappeler une miniature du Moyen-Âge. Rêveur, Jules contemple la scène sans chercher à la comprendre. Il n'essaie même pas de savoir qui sont ces deux lascars. Ses yeux sont simplement attirés par des initiales, à peine visibles, qui s'étalent en bas à droite de la gravure : JL, deux lettres tellement collées l'une à l'autre qu'on aurait presque pu douter qu'elles soient des signes, mais bien plutôt un petit morceau de ferraille abandonné là au milieu de quelques cailloux.

« JL » se répète Jules Kostelos à mi-voix, tout en songeant que ce pouvait être les initiales de l'auteur de la gravure. L'indication de couverture : « 30 BOIS ORIGINAUX DE LE MEILLEUR, LEBEDEFF, DESLIGNIÈRES » ne lui est pas d'un grand secours pour connaître d'emblée l'auteur de cette gravure.

« JL ce pourrait même être Deslignères, maugrée-t-il, Deslignères peut très bien s'appeler Jules-Léonard Deslignères et signer des initiales de son seul prénom. »

Face à ce qu'il ignore, l'agilité cérébrale de Jules Kostelos s'accélère pour épouser les méandres les plus saugrenus de ses raisonnements. Jules est l'homme des hypothèses à vérifier. Par inclination, il aime ne pas se fier aux apparences. Détective privé, son activité principale consiste essentiellement à résoudre des énigmes se présentant à lui comme non résolues. Face à toutes choses, il lui faut toujours tout approfondir. Il ne peut s'empêcher de creuser les questions les plus superficielles jusqu'à la vérité. Il faut préciser qu'en général, les énigmes dont il s'occupe ne sont pas superficielles. Il s'agit la plupart du temps de crimes sordides pour lesquels la police n'a aucune piste.

Il est vrai qu'elle ne risque guère d'en avoir, la pauvre, avec les faibles budgets offerts par l'État à la recherche scientifique. Avec de tels moyens, la police scientifique ne peut guère enquêter. Alors elle fait appel à Jules Kostelos, à son formidable esprit de déduction. Celui-ci n'est toutefois pas infaillible. En cette nuit grise et pluvieuse, il ne parvient pas à trouver ce qui se cache derrière les initiales JL. Tout ne se laisse pas deviner, même par les esprits les plus pénétrants.

Jules Kostelos a un physique de héros, droit et incorruptible. Du sommet de ses cheveux, d'un roux franc, au bout de ses pantoufles signées « Mac Hignon » on pourrait estimer qu'il mesure un bon mètre quatre-vingt. Son large front est d'une hauteur consciencieuse. Ses yeux clairs s'ouvrent sur de gros sourcils vertueux. Sa mâchoire solide arbore un sourire d'une blancheur loyale. Sa corpulence est probe ; ses costumes sobres. Il s'en dégage cette légère touche d'originalité qui peut laisser supposer que l'on est en face d'un sujet de Sa Majesté la reine d'Angleterre. Il n'en est rien. Pas une goutte de sang britannique ne coule dans les veines de Jules. Il est né à Meisenthal, en région Lorraine, dans le département de la Moselle. Un petit village de neuf cents habitants niché dans une vallée environnée de forêts épaisses, au nord des Vosges. Un lieu bucolique et charmant : Meisenthal signifie « la vallée des mésanges ». Cette paisible bourgade n'est pas totalement inconnue du grand public. On y fabrique des boules en verres colorés pour les sapins de Noël.

Des forêts de sapins de son enfance, Jules Kostelos avait gardé un esprit plus poétique que policier. Ses parents l'avaient envoyé faire des études de droit à Strasbourg. Ils voulaient qu'il devienne douanier. Jules avait un peu étudié la législation, lu de nombreux romans et fréquenté les clubs de jazz. Il n'avait jamais songé à se faire douanier ; il aimait mieux lire Charles Baudelaire que d'être fonctionnaire ; il aurait préféré être Flaubert que Napoléon[2] ; Louis Armstrong que Talleyrand.

À présent, Jules ne vit plus dans la bucolique vallée de son enfance.

Assis dans le salon d'une maison de banlieue, sur une colline dominant Rouen, environné de la grisaille normande, il se creuse la cervelle pour trouver qui se cache derrière les initiales JL.

Las de chercher, il tourne les yeux vers la page cinquante-trois. Au milieu, à mi-hauteur, on peut lire un grand
« I »

Un signe qui peut tout autant désigner un « i » majuscule que « un » en chiffre romain. « La langue écrite est décidément un tissu d'ambiguïtés », soupire Jules.
Mettant en œuvre toutes les subtilités de son esprit de déduction, il opte pour la solution la plus plausible : « Ce doit être un "Un" en chiffre romain, il s'agit manifestement d'un début de chapitre. »

Au-dessus de ce chiffre : une gravure, en dessous,

---

[2] « Il aimait mieux lire André Chénier que d'être ministre ; il aurait préféré être Talma que Napoléon » (Gustave Flaubert, novembre, Éditions Clancier-Guénaud 1988 p. 122)

treize lignes de texte. La gravure en question est également signée JL. Elle représente un cavalier, sabre au côté, soufflant dans une trompe de chasse. Derrière lui se dressent deux palmiers et un château avec son donjon. Le cheval entraîne son cavalier entre deux arbres feuillus, symbolisant probablement une forêt. Il est précédé de trois chiens (sans doute la meute). Il s'agit manifestement d'une scène de chasse. Elle est réalisée dans un goût tout aussi « médiéval » que l'illustration de la page de gauche. Mais Jules ne parvient, pas plus ici que là, à déterminer qui en est l'auteur : Le Meilleur, Lebedeff, Deslignères ? Impossible d'aboutir à une certitude, on nage en plein mystère…

Animé par sa curiosité, il se décide donc à lire les deux premières lignes du texte de la page cinquante-trois :

« Le père et la mère de Julien habitaient un château, au milieu des bois, sur la pente d'une colline… »

Il est des phrases que l'on peut savourer longuement, tant elles ont de résonances intimes. Comme les parents de Julien, Jules habite sur les pentes d'une colline, au milieu des arbres, au-dessus de la ville, du port, des voiliers et de la fête…

De ses fenêtres, il la devine à travers la pluie. Sur le port de Rouen, parmi ses lumières lointaines, mais nombreuses, il entend quelques effluves de musiques amplifiées. Sur les quais c'est la cohue, celle qui revient tous les quatre ans : un rassemblement de grands voiliers du monde entier. « L'Armada » attire dans la capitale normande les touristes par trains bondés. Mais Jules Kostelos n'est guère attiré par la foule, les lampions, les odeurs de gaufres. Il préfère la lecture silencieuse de Gustave Flaubert.

« Les quatre tours aux angles avaient des toits pointus recouverts d'écailles de plomb, et la base des murs s'appuyait sur les quartiers des rocs qui dévalaient abruptement au fond des douves… »

Jules s'attarde sur les rocs, pris de vertige, il relève les yeux du texte de peur de plonger dans les douves. Il ne voit aucun rapport entre ce texte et les gravures dont il est orné. Il imagine ce château hautain, austère, un peu gris… Les douves en étaient tellement profondes qu'on n'en voyait pas le fond ; des fosses d'une taille tellement fantastique qu'elles devaient se prolonger au moins jusqu'au centre de la Terre, et peut-être plus loin encore, dans des lieux inconnus où sommeillaient vraisemblablement « quelques géants dont les yeux aussi grands que des meules de moulin lançaient plus de flammes qu'un four verrier »[3]

Des images de son enfance lui reviennent. Ce château, n'est-ce pas le Château des Carpates ? Au roman de Jules Verne, Jules Kostelos ajoute les boules de feu que les artisans verriers de son village transformaient par une opération quasi alchimique en récipients d'une transparence limpide. Ces apprentis sorciers qui jouaient avec le feu ont toujours été, pour lui, la source des contes terrifiants qu'il aimait imaginer avant de s'endormir ; des images féroces qui encore aujourd'hui rendent ses lectures frissonnantes, pleines de suspense à chaque page qui se tourne ; dévoilant un univers empli de surprises insoupçonnables à celui qui ne survolerait que distraitement ces caractères d'encre noire, apparemment uniformes.

---

3   Miguel de Cervantès, Don Quichotte, Éditions du Seuil 1997 (tome 2 page 44) Traduction française d'Aline Schulman d'après l'édition espagnole de 1615

C'est au moment où Jules soupçonne quelque frêle jeune fille prisonnière de terribles géants dans les profondeurs des douves, que son téléphone-robot-domestique-assistant-convivial se mit soudain à striduler de toutes les dissonances de son carillon électronique. Cela fait un an que l'on a mis sur le marché ces téléphones très pratiques pour l'entretien d'une maison. Invention géniale d'une ancienne étudiante de l'ESIGELEC de Rouen, qui avait su utiliser la fonction navigation par satellite des téléphones pour leur faire commander à distance, en fonction de boutons programmables, tous les robots domestiques de la maison, de l'aspirateur aux machines à laver le linge ou la vaisselle, en passant par la cireuse à parquet, les fers à repasser, robots à faire le lit, rédacteurs de formulaires, ou les pelleteuses rangeuses trieuses de livres en papier sur bibliothèques adaptées. On annonce même pour les mois à venir des caddies intelligents et automatiques pour faire les courses alimentaires. Jules n'utilisait sur son téléphone que la fonction téléphone, estimant qu'elle était suffisamment compliquée à faire fonctionner pour qu'on perde son temps à utiliser les autres.

Il continuait à remplir lui-même sur papier ses déclarations d'impôts, et il trouvait beaucoup plus agréable de recevoir à intervalle régulier, Graziella, une jeune artiste aux cheveux blonds comme un champ de blé et aux dents merveilleuses, comme des amandes fraîches, qui mordaient ses lèvres écarlates, prêtes à sourire en toutes occasions. Elle était toujours vêtue de vêtements dont le style exquis ne pouvait naître que du mariage entre le bon goût et l'improvisation.

Elle savait entretenir la maison avec intelligence et

finesse en utilisant son vieil aspirateur à moteur vrombissant datant de l'année 1995 auquel elle donnait une aura de serpent mythologique. Tout ce que faisait Graziella était réalisé avec grâce, et esthétique.

« Jamais je ne parviendrai à m'adapter à l'esthétique des nouvelles technologies », peste Jules tandis qu'infernale, obstinée, la sonnerie déploie dans tous les recoins du silence les perfectionnements de sa vulgarité harmonique. Comment échapper quelques instants encore à cet assaut sonore, terrible comme les hurlements d'une meute de chiens affamés ?

Il laisse ses yeux se reposer sur les pages jaunies du vieux conte dramatique dans lequel il s'apprête à s'embarquer… « Saint Julien l'hospitalier »… D'une barque trop chargée traversant un fleuve poussivement, Flaubert a voulu tirer une prose aérée, orientale. L'intrigue en est pourtant pesante : un type commence à tuer une souris, puis deux, puis des sangliers, des cerfs, des lions, des andalous, l'armée d'un Calife. De fil en aiguille, il épouse une princesse, habite un beau palais, tue ses parents par inadvertance et se retrouve à ramer au milieu d'un fleuve, dans une barque où a pris place un passager d'une lourdeur phénoménale… Avec tout cela le bon Gustave s'est évertué à construire une architecture élancée « … un palais de marbre blanc, bâti à la moresque, sur un promontoire, dans un bois d'orangers […] De hautes colonnettes minces supportaient la voûte des coupoles décorées de reliefs imitant les stalactites des grottes. Il y avait des jets d'eau dans les salles, des mosaïques dans les cours, des cloisons festonnées, mille délicatesses d'architectures, et partout un tel silence que l'on entendait le frôlement d'une écharpe ou l'écho d'un soupir. »⁴

Et là-dessus la symphonie électronique de cette sonnerie de téléphone dernier cri qui ne cesse de crisser ! Prenant son courage à deux mains, silencieux, comme savent le faire les héros dans les moments cruciaux, Jules Kostelos décroche :

— Allôôô ! Commissaire Jeton à l'appareil, heureux de vous trouver disponible à cette heure mon cher !

Le commissaire Jeton... Jules s'ébouriffe les cheveux d'une main agacée, il aurait préféré « courir sur le désert après les gazelles et les autruches, être caché dans les bambous à l'affût des léopards, traverser des forêts pleines de rhinocéros, atteindre au sommet des monts les plus inaccessibles pour mieux viser les aigles, et sur les glaçons des mers combattre les ours blancs »⁵ plutôt que d'avoir à supporter, un soir de juillet, la fade conversation du commissaire Jeton. Mais ayant décroché, il réplique d'un ton calme et posé, ne laissant rien transparaître de ses émotions.

— Jules Kostelos, détective privé, enquêtes sur mesure, à domicile ou en agence, je vous écoute…

— Heureux de vous trouver attentif et vaillant à cette heure mon cher ! On m'a volé mon vélo…

— Hum, hum… êtes-vous certain que le vol d'un vélo soit une chose si fondamentale que vous deviez me déranger aussi tard dans la soirée ? Ça ne peut pas attendre demain ?

— Il me le faut absolument. Il a un cadre sur

---

4   Gustave Flaubert, La Légende de Saint Julien l'Hospitalier in Trois Contes, Le Livre de Demain, Arthème Fayard pp. 70 et 71
5   Gustave Flaubert, La Légende de Saint Julien l'Hospitalier in Trois Contes, Le Livre de Demain, Arthème Fayard p. 70.

mesure, allégé, en carbone. Il a été fabriqué artisanalement à mon usage exclusif. C'est une affaire de la plus haute importance. Il n'y a que vous qui puissiez la résoudre. Vous devez me le retrouver !

Jules n'est guère étonné de ce ton péremptoire. En bon policier, le commissaire Jeton a d'abord le sens des rapports hiérarchiques. Dans sa bouche, toute parole prend la couleur d'un ordre. Extérieurement, Jeton est pourtant un homme discret. Il fait partie de ces inconnus que l'on peut croiser dans la rue sans les reconnaître. Il est petit, porte toujours des costumes aux couleurs ennuyeuses et des cravates anodines. Il accorde une importance cruciale au fait que ses cravates soient le plus anodines possible. C'est la raison pour laquelle il a épousé sa femme : Madame Jeton. Elle est insurpassable pour choisir des cravates anodines.

Discret, ennuyeux, banal, anodin le commissaire déroule ses phrases à la façon d'un sportif. Il ennuie l'auditeur. Passant inaperçu dans la semaine, il se métamorphose le dimanche. Il fait partie des CSCAPR (Cyclistes Sportifs Confédérés de Rouen Amoureux de la Petite Reine). Quand le dimanche arrive, il revêt une combinaison multicolore ; casqué, chaussé de souliers spéciaux fabriqués exprès pour s'emboîter sur des pédales de vélos de compétition, il se délecte hebdomadairement de ses cent cinquante kilomètres dominicaux à travers la campagne normande. Pour assouvir sa passion, il s'est donc fait construire un vélo sur mesure « très particulier, absolument inimitable » et c'est cet objet qu'il s'est fait voler « le dimanche précédant le début de l'Armada sur le pont Gustave Flaubert. Il faut absolument le retrouver ».

— Comment ? Le pont Flaubert a disparu, s'écrie

soudain Jules en s'éveillant de sa torpeur.

— Non, pas le pont ! c'est mon vélo qui a disparu ! On me l'a volé sur le pont Gustave Flaubert.

— Ah !... soupire Jules impatient de retourner à sa lecture.

Il songe en lui-même que le vol du pont Flaubert aurait été une enquête bien plus passionnante à résoudre qu'un vulgaire vol de vélo fut-il celui d'un commissaire. Le pont Gustave Flaubert est, paraît-il, le pont levant le plus haut d'Europe. Sa partie centrale peut s'élever dans les airs avec une vitesse record pour laisser passer les bateaux. L'éventualité poétique d'un enlèvement dans les airs du pont tout entier faisait pleuvoir sur Jules Kostelos une myriade d'images, un film : quel formidable « thriller » pourrait-on en tirer ?

Le fantôme de Gustave Flaubert soulevant le pont tout entier à l'aide d'un puissant hélicoptère piloté par Bouvard et Pécuchet tout en s'époumonant : « On ne connaît pas la force d'une corde, elle est plus solide que le fer... »[6] La scène se déroulant en pleine armada, le clou de la fête...

Et pendant que Kostelos rêve, dans l'écouteur téléphonique, le commissaire continue à pester contre le vol de son vélo. Le dimanche 2 Juillet (dans la nuit du dimanche 2 au lundi 3 pour être plus précis) alors que l'on attendait les premiers bateaux de l'armada pour le lendemain, Jeton était allé en compagnie d'un collègue, l'inspecteur Charbovari, contrôler les abords du pont et le pont Flaubert lui-même. Pour ne pas se faire repérer, ils s'étaient acquittés de leur mission, sur leurs vélos, avec leurs costumes de membres des CSCAPR.

---

6 Gustave Flaubert, dictionnaire des idées reçues

L'inspecteur Édouard Charbovari est également membre des CSCAPR, mais il est très différent de Jeton. Il n'a rien d'anodin. Il est brillant, tout lui réussit. Il plaît beaucoup aux femmes. Pour être environné d'actrices il a même créé une troupe de théâtre dont il était le metteur en scène.

Cette compagnie théâtrale devait monter, le vendredi 14 Juillet, un gigantesque spectacle : aquatique, pyrotechnique et musical autour du pont Gustave Flaubert : « Le Don Juan ou la chute du pont » de G. Flaubert et G. Bottesini, un fabuleux opéra, une féérie comme on n'en fait plus !

— Une première mondiale, une œuvre rare, c'est un spectacle qui ne doit pas être compromis. Le vol de mon vélo risque de tout compromettre. Et je ne voudrais pas me compromettre en avouant cette perte, vous devez me promettre…

Pour que cesse l'ennuyeuse prose de Jeton, Jules Kostelos, accepta de prendre en charge l'enquête, impatient de monter se coucher, pour lire, en silence. Ayant obtenu ce qu'il voulait, le commissaire raccrocha. À ses pieds une forme imprécise, inanimée… Qu'est-ce ? Est-ce une forme humaine ? Qui est-ce ? Pourquoi n'en a-t-il pas touché mot au détective ? Le commissaire cherche-t-il à cacher quelque chose au détective ?

Autour de cette maison tout est silencieux, on entend, dehors le bruit d'un oiseau de nuit.

Chapitre II

Lorsqu'il s'éveille le lendemain, Jules Kostelos n'a qu'une idée en tête : rester sous sa couette. Cette histoire de vélo volé, cela l'ennuie prodigieusement, il a promis de le retrouver, mais il n'a pas envie de s'y atteler.

En revanche ce Don Juan somnambule ou la chute du pont de G. Flaubert et G. Bottesini, cela l'intrigue un peu plus, cela pourrait même le passionner. Qu'est-ce ? Un opéra ? Il n'en avait pas entendu parler auparavant. Et pourtant, il connaît un peu Flaubert. Cela fait longtemps qu'il le côtoie. Surtout depuis qu'il est tombé sous le charme de Salammbô.

Au départ, ce n'était pas gagné… Jules avait étudié Gustave Flaubert en classe de cinquième ou de quatrième (à moins que ce soit en troisième, il ne s'en souvenait plus exactement) au collège, en Lorraine, dans la classe de Monsieur Foureau, un professeur irascible et pittoresque, un individu qui ne passait pas inaperçu dans l'établissement avec « ses grosses lèvres et sa mâchoire de bouledogue »[7]. Jules Kostelos ne se souvenait pas que ce mythique professeur n'ait jamais évoqué — dans sa rigueur militaire — un opéra de G. Flaubert et G. Bottesini.

Monsieur Foureau demandait à ses élèves de noter ses paroles avec un « scrupule ponctuel »[8], il exigeait que l'on écrive à « la vitesse d'un guépard », une remarque répétitive qui suscitait régulièrement les sarcasmes de

---

7 Gustave Flaubert, Bouvard et Pécuchet, chapitre II Description de Monsieur Foureau (p. 92 dans l'édition Folio Gallimard)
8 Monsieur Foureau : cours de littérature sur Gustave Flaubert

Stephen Dedalus : « Oh ! ça, c'est sûr ! Un guépard, ça écrit mieux qu'Homère et James Joyce réunis... ». Stephen Dedalus était un des meilleurs camarades de collège de Jules, un rugbyman originaire d'Irlande, qui adorait faire des jeux de mots. Il avait lu toute l'Iliade et l'Odyssée, ce qui faisait beaucoup rire Jules. Stephen était le trublion grâce à qui les cours de Foureau devenaient supportables. Car il faut bien l'admettre, Foureau farcissait ses leçons d'idées reçues. Et pourtant elles avaient la force de ces mélopées lancinantes de mauvaise musique dont on ne parvient pas à se débarrasser. Les phrases de Foureau étaient restées fourrées dans la mémoire de Jules, comme le chocolat dans son éclair. Il aimait bien les savourer de temps à autre pour leur goût qui évoquait tant le charme des après-midi au collège.

« Madame Bovary reste un chef-d'œuvre de notre littérature. Flaubert y dénonce les dangers de ces exaltations romanesques, de ces aspirations lyriques héritées de la génération romantique et dont il déplorait en lui-même les douloureux ravages. Désireuse de vivre la vie des mauvais romans dont elle s'est imprégnée jusqu'à l'os, Madame Bovary trompe son mari. À partir d'un fait divers (il aimait énôôôrmément les faits divers, notez-le !), à partir d'un fait d'hivêêêr Gustave Flaubêêêrt a écrit un des meilleurs romans du génie de la langue françêêêze. Il y est pessimiste et réaliste. À cette même veine se rattache l'Éducation sentimentale, récit de la vie ratée d'un jeune homme : Frédéric Moreau. Flaubert y évoque (en changeant les noms et les lieux) sa rencontre avec Élisa Schlesingêêêr l'épouse d'un éditeur de musique. Une œuvre où l'écrivain montre à nouveau le grand intérêt qu'il portait aux faits divêêêrs. Lisez les faits divêêêrs, mes

Chapitre II

Lorsqu'il s'éveille le lendemain, Jules Kostelos n'a qu'une idée en tête : rester sous sa couette. Cette histoire de vélo volé, cela l'ennuie prodigieusement, il a promis de le retrouver, mais il n'a pas envie de s'y atteler.

En revanche ce Don Juan somnambule ou la chute du pont de G. Flaubert et G. Bottesini, cela l'intrigue un peu plus, cela pourrait même le passionner. Qu'est-ce ? Un opéra ? Il n'en avait pas entendu parler auparavant. Et pourtant, il connaît un peu Flaubert. Cela fait longtemps qu'il le côtoie. Surtout depuis qu'il est tombé sous le charme de Salammbô.

Au départ, ce n'était pas gagné… Jules avait étudié Gustave Flaubert en classe de cinquième ou de quatrième (à moins que ce soit en troisième, il ne s'en souvenait plus exactement) au collège, en Lorraine, dans la classe de Monsieur Foureau, un professeur irascible et pittoresque, un individu qui ne passait pas inaperçu dans l'établissement avec « ses grosses lèvres et sa mâchoire de bouledogue »[7]. Jules Kostelos ne se souvenait pas que ce mythique professeur n'ait jamais évoqué — dans sa rigueur militaire — un opéra de G. Flaubert et G. Bottesini.

Monsieur Foureau demandait à ses élèves de noter ses paroles avec un « scrupule ponctuel »[8], il exigeait que l'on écrive à « la vitesse d'un guépard », une remarque répétitive qui suscitait régulièrement les sarcasmes de

---
7 Gustave Flaubert, Bouvard et Pécuchet, chapitre II Description de Monsieur Foureau (p. 92 dans l'édition Folio Gallimard)
8 Monsieur Foureau : cours de littérature sur Gustave Flaubert

Stephen Dedalus : « Oh ! ça, c'est sûr ! Un guépard, ça écrit mieux qu'Homère et James Joyce réunis... ». Stephen Dedalus était un des meilleurs camarades de collège de Jules, un rugbyman originaire d'Irlande, qui adorait faire des jeux de mots. Il avait lu toute l'Iliade et l'Odyssée, ce qui faisait beaucoup rire Jules. Stephen était le trublion grâce à qui les cours de Foureau devenaient supportables. Car il faut bien l'admettre, Foureau farcissait ses leçons d'idées reçues. Et pourtant elles avaient la force de ces mélopées lancinantes de mauvaise musique dont on ne parvient pas à se débarrasser. Les phrases de Foureau étaient restées fourrées dans la mémoire de Jules, comme le chocolat dans son éclair. Il aimait bien les savourer de temps à autre pour leur goût qui évoquait tant le charme des après-midi au collège.

« Madame Bovary reste un chef-d'œuvre de notre littérature. Flaubert y dénonce les dangers de ces exaltations romanesques, de ces aspirations lyriques héritées de la génération romantique et dont il déplorait en lui-même les douloureux ravages. Désireuse de vivre la vie des mauvais romans dont elle s'est imprégnée jusqu'à l'os, Madame Bovary trompe son mari. À partir d'un fait divers (il aimait énôôôrmément les faits divers, notez-le !), à partir d'un fait d'hivêêêr Gustave Flaubêêêrt a écrit un des meilleurs romans du génie de la langue françêêêze. Il y est pessimiste et réaliste. À cette même veine se rattache l'Éducation sentimentale, récit de la vie ratée d'un jeune homme : Frédéric Moreau. Flaubert y évoque (en changeant les noms et les lieux) sa rencontre avec Élisa Schlesingêêêr l'épouse d'un éditeur de musique. Une œuvre où l'écrivain montre à nouveau le grand intérêt qu'il portait aux faits divêêêrs. Lisez les faits divêêêrs, mes enfants ! Vous y apprendrez à écrire.

Il a aussi publié des œuvres un peu surprenantes — totalement en opposition avec son amour du fait divers — (je ne les ai pas lues du reste, car pour moi : ce n'est pas du Flaubert, ce n'est pas du fait divêêêrs. Et elles sont tellement confuses et mal faites qu'on n'y comprend rien, et ce sont des œuvres qui vieillissent mal, tout le monde le dit). Ces livres sont des espèces de divagations orientales : Salammbô, La Tentation de saint Antoine, et deux (deux seulement, je dis bien deux) des trois contes. Il y a trois contes, mais deux seulement sont des divagations orientales : Saint Julien l'hospitalier et Hérodiade. Pas le troisième, le troisième c'est du vrai Flaubert : "Un cœur simple", c'est un vrai récit, réaliste, compréhensible, inspiré de la réalité et de la vraie réalité, celle de la rubrique des faits divers (celui-là, il faut le lire — je l'ai lu d'ailleurs ! Faites comme moi).

Il a imprimé une pièce de théâtre : Le Candidat, une histoire très utile, très réaliste, je l'ai lue aussi, lisez-le, c'est du vrai Flaubert, écrit à partir de la vraie réalité. Un livre compréhensible, pour vous, et qui vous servira plus tard pour votre carrière.

Car mes enfants, il ne faut pas se perdre dans des lectures inutiles. Visez à l'essentiel. Car qui est-ce qui s'occupe de littérature aujourd'hui ? Ceux qui ont quelques "teintures de belles lettres" suivent une carrière politique, ou embrassent une profession lucrative dont ils ne peuvent se détourner que par moments pour goûter à la dérobée les plaisirs de l'esprit. Ils ne font point de ces plaisirs le charme principal de leur existence ; ils les considèrent comme un délassement passager et nécessaire au milieu des sérieux travaux de la vie ; de telles gens (vous, plus tard mes enfants !) ne pourront jamais acquérir une connaissance assez approfondie de l'art littéraire pour en sentir les délicatesses. Il est inutile de passer trois jours sur une phrase. Songez à la rentabilité industrielle appliquée à la littérature. Les gens pour qui vous écrirez aimeront les livres qu'on se procure sans peine, qui se lisent vite, et qui n'exigent point de recherches savantes pour être compris. Ne lisez pas Salammbô, c'est du temps perdu, choisissez plutôt L'Éducation sentimentale ou Madame Bovary. Vos lecteurs n'auront pas le temps ! Ils demandent des beautés faciles qui se livrent d'elles-mêmes, dont on puisse jouir sur l'heure (lisez Madame Bovary, vous dis-je) ; il leur faut surtout de l'inattendu, du nouveau ! Faites dans le style publicitaire ! Ai-je besoin d'en dire davantage ? Ne notez pas ce que je viens de dire, mais pratiquez-le. »[9]

Jules Kostelos n'avait donc pas ouvert un livre de Flaubert de toute sa scolarité. Il avait appris la chronologie de ses œuvres par cœur ; retenu scrupuleusement les arguments de Monsieur Foureau. Longtemps, ça lui avait suffi.

En compagnie de Stephen Dedalus, il était tout de même allé voir une projection d'un film intitulé « Madame Bovary » parce que Jennifer Jones y jouait le rôle principal.

Dans un cottage à la cuisine proprette, Charles Bovary était séduit par « the perfume » de Jennifer Jones. Stephen et Jules l'étaient aussi. Elle était très belle. Ils l'avaient découverte dans « Duel au soleil » de King

---

[9] Cours de Monsieur Foureau. Le lecteur érudit saura repérer dans cette leçon les emprunts à Alexis de Tocqueville (De la Démocratie en Amérique) à à l'Encyclopédie Quillet (article Gustave Flaubert)

Vidor, elle y jouait une jeune métisse indienne, fascinante à leurs yeux, notamment au moment où elle passait la serpillière sous le regard terrible d'un voyou. Ils l'avaient ensuite admirée dans « La Renarde » un film anglais où elle interprétait la fille troublante d'un fabricant de harpes et de cercueils.

À la sortie de cette projection, ils étaient allés chez un disquaire spécialisé en jazz. Ils y avaient découvert le contrebassiste Charlie Mingus. Alors ils s'étaient pris de passion pour la contrebasse de jazz. Ils se mirent à écumer les disquaires à la recherche d'inédits et d'enregistrements inconnus. Mingus leur faisait découvrir le continent inconnu de la contrebasse et des « walking bass », équivalent musical des charges de cavalerie héroïques dans les westerns.

C'est lors de l'une des explorations de ce vaste continent chez les disquaires de Sarreguemines qu'ils découvrirent Giovanni Bottesini.

Le « Paganini de la contrebasse » disait la couverture du disque. Il avait été directeur d'opéra à La Havane. Était-ce un interprète de Cha cha cha ?

— Mais non, regarde, c'est un copain de Flaubert ! C'est de la musique pour Foureau… avait bougonné Stephen d'un air narquois.

— Et puis regarde, il a aussi été chef d'orchestre en Égypte. Il est étrange ce type. À mon avis, il est plutôt du genre à chanter des airs de Salammbô plutôt qu'à danser le cha cha cha…

Pourquoi ce souvenir revient-il à Jules, précisément ce jour-là, à son réveil ? Tandis qu'il se pose cette question, au rez-de-chaussée, dans le hall d'entrée, dans son panier, Charles Hockolmess, son chat noir, dort encore, il rêve.

« 4 octobre 1840.

La vigie du port d'Ajaccio avait signalé l'arrivée du trois-mâts « Il dragonetti », en provenance de Gênes. Les quais du port étaient couverts de curieux ; c'était toujours un événement que l'arrivée d'un navire génois à Ajaccio. L'île avait longtemps été disputée entre les marchands de Pise et de Gênes. Pourtant « c'était plutôt aux Corses à conquérir Pise et Gênes qu'à Gênes et Pise de subjuguer les Corses ; car ces insulaires étaient robustes et plus braves que leurs dominateurs… »[10]

Juste un siècle avant cette entrée majestueuse du trois-mâts « Il Dragonetti » dans le port d'Ajaccio, les Corses s'étaient révoltés contre les Génois sous l'impulsion du fameux Général de Giaferri. Une guerre déchirait l'Europe pour la succession de la couronne d'Autriche. Les Génois en étaient bien gênés, c'était le moment d'agir. Les Génois se défendent cependant, ils assassinent de Giaferri, alors les Corses le remplacent par un jeune officier de 29 ans : Pascal Paoli, un chef efficace. Même Voltaire qui n'était pas Corse le reconnaît : "Établir un gouvernement régulier chez un peuple qui n'en voulait point ; réunir sous les mêmes lois des hommes divisés et indisciplinés ; former à la fois des troupes réglées et instituer une espèce d'université qui pouvait adoucir les mœurs, établir des tribunaux de justice, mettre un frein aux fureurs des assassinats et des meurtres, policer la barbarie, se faire aimer en se faisant obéir ; tout cela n'était pas assurément d'un homme ordinaire. [Paoli y parvint] Il ne put en faire assez pour régner pleinement ;

---

10 Voltaire, Précis du siècle de Louis XV, (chapitre XL consacré à La Corse p 387 in œuvres complètes de M. de Voltaire, tome 21e Éditions Aux deux Ponts 1792

mais il en fit assez pour acquérir la gloire"[11] et l'indépendance de la Corse.

Alors les Génois tentèrent une reconquête, firent appel à l'armée du roi Louis XV. Et puis, les bons commerçants génois prenant conscience qu'ils ne pourraient plus se passer de l'armée de Louis XV finirent par céder la Corse à la France par le traité de Compiègne de juillet 1768.

Un an après naissait Napoléon Bonaparte qui allait être à l'origine — un peu plus tard — d'un nouveau royaume d'Italie qui assujettissait les Génois à la France. Les Corses étaient vengés… L'un d'eux s'apprêtait à gouverner l'Europe, mais "… établir un gouvernement régulier chez des peuples qui n'en voulaient point ; réunir sous les mêmes lois des hommes divisés et indisciplinés ; former à la fois des troupes réglées et instituer une espèce d'université qui pouvait adoucir les mœurs, établir des tribunaux de justice, mettre un frein aux fureurs des assassinats et des meurtres, policer la barbarie, se faire aimer en se faisant obéir ; tout cela n'était pas assurément d'un homme ordinaire. [Napoléon y parvint] Il ne put en faire assez pour régner pleinement ; en 1815 tout fut remis en cause par les traités de Vienne, mais il en fit assez pour acquérir la gloire"[12]

Cette gloire, et le nom de Bonaparte, les Corses n'étaient pas près de l'oublier. Alors quand ils aperçurent,

---

11 Voltaire, Précis du règne de Louis XV, (chapitre XL consacré à La Corse) éditions « Aux deux Ponts » 1792

12 Lettre de Gustave Flaubert à Giovanni Bottesini Croisset novembre 1865 (à la suite du concert de Giovanni Bottesini au pied de la statue de Napoléon fraîchement érigée sur la Place de l'Hôtel de Ville. Cité par Onésime Dubois in « Flaubert et la musique » thèse dactylographiée 1961.

ce 4 octobre 1840, une certaine silhouette sur le pont du trois-mâts, une émotion s'empara des curieux amassés sur le quai. Accoudé à la balustrade du « Il Dragonetti » un jeune homme attirait tous les regards. Était-il Corse ? Il en avait toute l'apparence… Petite moustache, étirée sur les côtés, petite barbiche, cheveux au vent, sa figure semait le trouble dans la foule. Une rumeur circulait.

— Regardez, c'est le prince Louis-Napoléon !

Tous les regards se tournaient vers le jeune homme, ravi d'être l'objet d'autant de sollicitude. Il ressemblait en effet comme deux gouttes d'eau à Louis-Napoléon Bonaparte, le neveu de l'empereur Napoléon 1er. Il le savait, et ne détestait pas en profiter.

Élevé au conservatoire de Milan, le jeune homme en question était né le 22 décembre 1821 à Créma en Lombardie. Profitant de sa ressemblance avec le neveu du plus célèbre des Bonaparte, il avait décidé de visiter la Corse en compagnie de sa fiancée, une jeune chanteuse au talent prometteur. La jeune fille s'appelait Florentine Williams, le jeune homme Giovanni Bottesini.

Lorsque le navire fut amarré, leur descente sur le quai fit sensation. La jeune femme portait un objet qui ressemblait à un petit cercueil ; le jeune homme étreignait une forme oblongue évoquant la silhouette d'un corps de femme, pourvu d'un cou démesurément long, sans tête… Elle jouait du glass-harmonica ; lui, de la contrebasse. Ce couple incroyable se rendait à Ajaccio pour visiter la maison natale de l'empereur Napoléon ; ils comptaient sur la ressemblance de Giovanni avec Louis-Napoléon pour y loger gratuitement ; et sur l'afflux des touristes, pour faire un peu d'argent avec leurs instruments de musique.

Sous les regards étonnés des passants, ils se dirigèrent donc vers la demeure où ils espéraient loger. Sur le seuil de celle-ci, ils furent accueillis par un jeune homme, blond, de haute stature, de belle prestance. En les apercevant, il s'agita comme un acteur avec cette exaltation des gens du nord devant les ruissellements de lumières méditerranéennes. Avec un léger accent normand, d'une voix de trompette, il claironnait :

— Bienvenue dans cette « maison que les hommes qui naîtront viendront voir en pèlerinage ; on sera heureux d'en toucher les pierres, on en gravira dans dix siècles les marches en ruines, et on recueillera dans des cassolettes le bois pourri des tilleuls qui fleurissent encore devant la porte, et, émus de sa grande ombre, comme si nous voyions la maison d'Alexandre, on se dira : c'est pourtant là que l'empereur est né ! »[13]

Il regardait de ses grands yeux clairs ce couple qui lui semblait sortir tout droit d'un poème de Byron ; elle, avec ce « cercueil » ; lui ce « corps sans tête ». Il était fasciné par le romanesque de cette scène et manifestement ébloui par la beauté de la chanteuse. « Ses deux grands yeux noirs brillaient comme deux lampes très douces. Un sourire charmant écartait ses lèvres. Les anneaux de sa chevelure s'accrochaient aux pierreries de sa robe entrouverte ; et sous la transparence de sa tunique, on devinait la jeunesse de son corps. Elle était mignonne, potelée, avec la taille fine. »[14] Le petit cercueil qu'elle portait en bandoulière lui donnait l'allure d'une vanité de la Renaissance, un tableau vivant de Michel Ange !

---

13 Gustave Flaubert, Pyrénées Corse, in « Par les champs par les grèves — Pyrénées Corse » Louis Conard Éditeur p. 437
14 Gustave Flaubert, La Légende de Saint-Julien l'hospitalier in « Trois contes » Le Livre de demain Arthème Fayard p. 70

Il se déplaça cérémonieusement vers elle pour lui faire le baisemain en s'inclinant d'un air cérémonieux :
— Gustave Flaubert pour vous servir, Mademoiselle... Mademoiselle ?
— Florentine Williams de Milan
— Enchanté, c'est donc vous la maîtresse de céans ?
— Heu... elle baissa les yeux en rougissant, et son accent italien s'accentua, yé né souis pas sa maitresse, yé souis sa fiancée signor. (elle avait dans sa compréhension approximative du français confondu de céans avec du sieur) Yé vous plézante moun fiancé il Sieur Louis-Napoléone Buonapalté qui visite pourrr la plemièle fois, la demeure du glannd Napoleone son gllannd oncle....
— Enchanté, Monsieur Bonaparte, bafouilla alors Gustave en rougissant, tout en tendant une main moite... Mais entrez, laissez-moi faire les honneurs de « votre maison » ajouta-t-il en plongeant ses grands yeux dans le regard brûlant de Florentine.
Alors il ne les quitta plus, s'improvisant guide conférencier de cette maison qu'il venait pourtant de découvrir à l'instant :
— Posez vos pieds sur cet escalier de marbre noir, admirez-en la surface polie par les bottes de l'empereur. Effleurez de vos mains cette rampe de fer où s'est posée la main de Napoléon.
Il les précéda dans la chambre de l'ex-empereur.
— Admirez cette cheminée, ces murs, ces tableaux, ce tapis, ce sofa, ces statues. Voyez ce livre que le jeune Napoléon a sans doute pris dans ses mains !
Giovanni et Florentine lurent : « Manuel du cultivateur provençal indiquant les divers modes

d'engrais, etc »

— Oh ! C'est quoi la mode d'Engrais ? demanda Florentine avec un regard brillant, s'imaginant visiblement qu'il était question de mode vestimentaire.

— Heu… répondit Gustave en rougissant, le regard attiré par l'espèce de cercueil qu'elle portait en bandoulière…[15]

Giovanni murmura quelque chose à l'oreille de sa fiancée. Alors elle se mit à éclater de rire en regardant Flaubert. Celui-ci pour ne pas perdre contenance, alla d'un regard rêveur s'asseoir sur un divan dans une pièce adjacente.

Cette nuit-là, Giovanni et Florentine parvinrent-ils réellement à dormir dans la maison de Napoléon en se faisant passer pour Louis-Napoléon et sa fiancée ?

Le lendemain Gustave les revit. À l'ombre des arbres, sur la place de l'Hôtel de Ville, ils improvisaient un petit duo. Florentine chantait en s'accompagnant de son glass-harmonica pendant que Giovanni ciselait des arabesques polyphoniques sur sa contrebasse :

« *Une bouche bien aimée dit à mon cœur,*
Viens, ô mon amour, ô toi mon seul bonheur
…..
Dans la feuille nouvelle
Chante la tourterelle
…............................
Viens ah ! Mon cœur !
…............................
Viens ô mon seul bonheur. »[16]

---

15 Voir Gustave Flaubert, Pyrénées Corse in Par les champs par les grèves, Pyrénées Corse, Éditions Louis Conard pp. 428 439

16 Romanza « Une Bouche aimée » de Giovanni Bottesini contrebassiste, chef d'orchestre et compositeur (1821-1889)

Gustave écouta quelques instants, nota une quinzaine de mots et s'éloigna. Dans son rêve Charles était même parvenu à lire distinctement ce qu'il avait griffonné : « Migraine, sons cristallins exaspérants, la chanteuse roucoule : Viens ah ! Viens mon cœur ! Drôle de tourterelle, l'instrument vibre… »[17]

Des grincements dans l'escalier avaient interrompu ce rêve. Enfin, ce fainéant de Jules se décidait à préparer son petit déjeuner. Ce n'était pas trop tôt.

---

[17] Voir Gustave Flaubert Bouvard et Pécuchet Chapitre VIII

Chapitre III

Jules ouvre les volets, il fait encore gris, il pleut. De sa fenêtre, il aperçoit le sommet des quatre piliers du pont Flaubert, quatre papillons de ferraille, flous dans la bruine grisâtre.

Il tente de se souvenir de tout ce que lui a dit le commissaire Jeton lors de son appel téléphonique de la veille. Les détails précis de l'affaire lui reviennent par bribes. Le commissaire avait évoqué l'enchaînement des faits aboutissant au vol de son vélo avec la précision maniaque et ennuyeuse d'un indicateur des chemins de fer.

À 23 h 30 Édouard Charbovari et moi sommes arrivés au sommet du pont Flaubert. La montée nécessite de se mettre en position de grimpeur, c'est moi qui suis arrivé le premier en haut de la côte.... À 23 h 46 j'ai posé mon vélo sur la balustrade droite du tablier situé en aval pour arpenter le pont à pied et tout vérifier… à 23 h 48 j'ai noté que… à 23 h 52 l'inspecteur Charbovari m'a fait remarquer… À 23 h 55 j'ai noté qu'il faisait sombre… À 23 h 57 j'ai… Et c'est à 23 h 59 que j'ai pu constater… À 00h01 la disparition de mon vélo était un fait avéré, vérifiable… C'est forcément un vol ! Le pont était désert, interdit à la circulation !

Nous étions seuls ! à 0 h 4 j'ai appelé un taxi avec mon téléphone portable, il m'a pris en charge à 0 h 8, rive droite au pied du pont… l'inspecteur Charbovari est rentré seul à vélo… Il faut que vous agissiez discrètement... ...que vous le retrouviez sans faire de vagues... ...personne ne doit savoir que je me suis fait voler ce vélo…

Cela fait quatre jours qu'il a été volé… c'est très ennuyeux parce que... ...il faut donc le retrouver.... ...Charbovari chargé de l'enquête n'a pour le moment rien trouvé... ...trop préoccupé par sa pièce… Le Don Juan somnambule ou la chute du Pont de G. Flaubert et G. Bottesini…

Malgré le récit circonstancié et très détaillé des faits, Jules est persuadé que le commissaire lui en cache une partie. Sans doute l'aspect le plus déterminant pour la compréhension des faits. Il en est convaincu. Si Jeton tient autant à ce qu'on lui retrouve son vélo sans faire de bruit, c'est qu'il veut lui cacher quelque chose. Ce quelque chose devait sans doute avoir un rapport avec ce Don Juan somnambule ou la chute du pont de G. Flaubert et G. Bottesini. Une œuvre dont Jules Kostelos n'a jamais entendu parler. C'est l'aspect de l'affaire qui lui paraît le plus invraisemblable. Depuis qu'il s'est épris de Salammbô, plus rien de ce qui touche de près ou de loin à Flaubert n'échappe pourtant à Kostelos.

Jules et Salammbô se sont rencontrés au Café Librairie Ici & ailleurs, en plein centre-ville de Rouen, dans une de ces petites rues piétonnières qui serpentent entre les maisons moyenâgeuses non loin de l'Hôtel de Ville.

Un lieu que Jules Kostelos apprécie, car on y découvre tous les jours des thés et des cafés aux saveurs rares, venus des quatre coins du monde… On peut y lire tranquillement dans de gros fauteuils de cuir en écoutant du jazz, à côté d'un piano qui a quelque chose à raconter, même quand il est silencieux.

Ce jour-là, c'était le trio de Stephen Dedalus qui

jouait une série de thèmes en hommage à Charlie Mingus. Salammbô était assise, seule, silencieuse, belle. Jules n'avait pu faire autrement que de s'adresser à elle. Il était intrigué par l'étrangeté de ses boucles d'oreilles.

C'était de « petites balances de saphir supportant une perle creuse, pleine d'un parfum liquide. Par les trous de la perle, de moments en moments, une gouttelette parfumée tombait, mouillait son épaule nue. »[18]

Pendant que le batteur se déchaînait sur un solo de batterie : « Splatt, wham ! Bonk ! Stomp ! Kick ! »[19] Ils avaient d'abord échangé des regards :
— !!!???!!!
— ???!!!???

Pour répondre à l'étonnement qu'on lisait sur la physionomie de la jeune femme, Jules avait alors donné à son sourire la blancheur la plus loyale qui soit, et l'avait saluée par un haussement particulier de ses sourcils vertueux qu'il savait être du meilleur effet.

Elle lui avait répondu par son sourire le plus antillais en donnant un mouvement à sa chevelure tressée qui l'invitait clairement à s'asseoir à côté d'elle. Un peu intimidé, Jules avait entamé la conversation :

— Elles sont amusantes tes boucles d'oreilles, elles viennent d'où ?

— Je les ai trouvées dans une petite boutique du quartier,   chez une passionnée, on y fait toujours des trouvailles étonnantes, celles-ci ce sont des copies d'un modèle carthaginois.

— Kartaginuâ ?
— C'est une marque que je devrais connaître ?

---

18 Gustave Flaubert, Salammbô, Chapitre XI : Sous la tente Classiques Garnier p. 221
19 Charlie Mingus, Moins qu'un chien, Chapitre IV p. 86

Salammbô avait éclaté de rire devant la candeur de Jules.

— Tu est amusant, tu n'as jamais entendu parler de Carthage ?

— Bah non… Enfin je ne crois pas…

— D'où est-ce que tu viens ?

— De Meisenthal en Lorraine. Et toi ?

—Je viens du Lorrain… et en le disant, elle le regardait d'un air narquois qui aurait dû le faire rougir, s'il n'était parvenu à maîtriser sa physionomie en serrant sa mâchoire solide. Mais elle s'était aperçue de son émotion alors elle avait ajouté, un brin moqueuse :

— Tu connais ?

— Quoi ?

— Le Lorrain.

— Quel Lorrain ?

— C'est un village, sur l'île de La Martinique.

— Heu non, je ne connais pas, c'est à côté de Carthage ?

Il y avait dans ces deux syllabes (carte, âge) quelque chose d'enfoui qui le troublait, mais il ne parvenait pas à préciser : carte âge, quelle résonance aurait dû produire le frottement de ces deux mots ?

— Mais non ! Le Carthage dont je parle n'a rien à voir avec les Antilles, avait-elle répliqué, riant franchement. « Le Lorrain c'est sur l'île de la Martinique. Carthage c'était au nord de l'Afrique. » Elle avait un rire aussi calme et clair que son sourire qui était resplendissant.

Jules Kostelos était ébloui. Alors elle lui avait raconté Carthage : un lieu magnifique, féérique. C'était la capitale d'un grand empire maritime, entre 800 et 140 avant Jésus-Christ. Il a été fondé par une Phénicienne, la reine Didon, non loin de la ville actuelle de Tunis. Henry Purcell en avait fait l'héroïne d'un opéra fantastique qu'elle recommandait à Jules : Didon et Énée.

Les Carthaginois étaient les meilleurs navigateurs de l'antiquité. Leur influence s'était étendue tout le long de la côte ouest de l'Afrique, dans les îles Canaries, au Cap Vert, aux Baléares. Plus au nord, ils étaient implantés à Malte, en Sardaigne, en Corse, en Espagne, certains prétendent même qu'ils seraient allés jusqu'en Angleterre et peut-être en Islande et même (mais on ne pouvait le vérifier) aux Antilles....

Ils étaient tellement enrichis par leurs voyages et leur commerce que les ancres de leurs navires étaient en or ou en argent.[20] Ils ont été de grands précurseurs pour la colonisation. Ils maintenaient la Sardaigne et la Corse sous leur dépendance. Tout y était importé de Carthage. Vous, les Français vous n'avez fait que les copier, martelait Salammbô avec un petit sourire qui en disait long. Vous avez colonisé les Antilles exactement comme les Carthaginois l'ont fait avec la Corse.[21] Seule la Sicile avait résisté au plus grand de leurs officiers : l'Amiral Hamilcar, le père du Général Hannibal. Ce nom eut un effet révélateur sur Jules ; un souvenir qui ressurgissait :

— Le « grand Hannibal qui venu de Carthage, avait franchi les Alpes au IIIe siècle avant Jésus-Christ, semant la pétoche à travers toute l'Italie avec une quarantaine d'éléphants et cent-mille soldats »[22]... Bien sûr que je le connais, Charlie Mingus en parle dans son autobiographie !

---

20 Montesquieu, L'Esprit des lois, Livre XXI, chapitre xxi
21 Montesquieu, L'Esprit des lois, Livre XXI chapitre xxi
22 Charlie Mingus, Moins qu'un chien p. 52

Amusée Salammbô se mit à discuter avec Jules. Elle lui expliqua que son prénom était celui de la sœur de ce fameux général.

Elle lui raconta Carthage. C'était différent de Rouen. La ville descendait en amphithéâtre vers une mer toujours ensoleillée. Ses collines étaient couvertes d'habitations. À l'est, elle était protégée par le temple d'Esculape, situé au sommet d'un escalier de soixante-quinze marches. Tout autour des habitations se dressaient des remparts avec des murs de quinze mètres de haut, de plus de dix mètres d'épaisseur.[23] Dans ces murs on avait réussi à creuser des écuries où logeaient ses trois cents éléphants et ses quatre mille chevaux ! Quatre mille chevaux ! Tu te rends compte !

C'est parce que la reine Didon y a trouvé un crâne de cheval qu'elle a décidé de l'emplacement de la ville à cet endroit précis. C'est une cité qui a été fondée sous le symbole du cheval, c'est une des raisons pour laquelle je me passionne pour elle. J'adore le cheval, presque autant que la danse, je voudrais faire plus tard un doctorat sur Carthage, car j'adore le cheval ! Et toi ?

Elle insistait tellement sur son amour du cheval que pour ne pas avoir l'air ignare, il avait imprudemment répondu Oui.

Il n'était à vrai dire jamais monté sur un cheval. Il en avait même un peu peur. Mais Salammbô le fascinait, par le son de sa voix, par la couleur café de sa peau, par ses yeux qui l'aimantaient. Son discours avait beau sentir un peu les lectures apprises par cœur pour réussir à l'école, il buvait ses paroles comme si c'était du jazz.

---

23 P.H. Antichan, La Tunisie, son passé, son avenir, Delagrave 1884 p.12 et 13

Le week-end suivant, ils s'étaient donc retrouvés dans une ferme de la vallée du Cailly où on pouvait louer des chevaux pour la journée. Ils avaient remonté la vallée, puis l'avaient descendue. Salammbô était une cavalière avertie. Elle maitrisait parfaitement sa monture. Jules était beaucoup moins sûr de lui. Dès qu'ils traversaient des lieux habités, il avait peur que sa jument (qui ressemblait pourtant à une vieille haridelle donquichottesque) se mette à agresser les passants. Cela faisait beaucoup rire Salammbô.

— Un cheval, c'est herbivore. Ce n'est pas un tigre chantonnait-elle d'une voix mélodieuse dont le timbre ne semblait avoir été créé que pour changer la couleur du ciel.

Sous le charme de cette voix, Jules n'avait pu faire autrement que de tomber amoureux.

À ce moment-là, la jument de Jules s'était mise à ruer. Il serait probablement tombé sans l'intervention de Salammbô qui l'avait rapidement apaisée par le seul son de sa voix. Le tapis des prairies assourdissait le bruit des sabots.

De temps à autre « ils rencontraient de petits endroits paisibles, un ruisseau qui coulait parmi de longues herbes ; et, en remontant sur l'autre bord, Salammbô, pour se rafraîchir les mains, arrachait des herbes mouillées. Au coin d'un massif de fougères, son cheval fit un grand écart devant… »[24]… deux livres qui gisaient sur le sol. Quelle surprise !

Très étonnée de la trouvaille qu'elle venait de faire sous le sabot de son cheval, elle avait sauté souplement à

---

24 Gustave Flaubert, Salammbô, (Chapitre XI Sous la tente) Classiques Garnier p. 215

terre… Il s'agissait de deux in-folio d'environ deux cents pages chacun. Elle avait ouvert l'un des deux en le brandissant fièrement à Jules.

— Regarde, c'est magnifique !

Sur le livre qu'elle brandissait, on apercevait une femme alanguie, sur un large fauteuil recouvert d'une draperie. Elle était vêtue d'une longue robe qui laissait son buste découvert. Le léger tissu descendait le long de ses jambes jusqu'à ses pieds nus. Près de ceux-ci, une dizaine de colombes picoraient ou voletaient. Derrière les oiseaux, un personnage à la peau sombre jouait de la harpe, accroupi, face au lecteur.

La scène était située en haut d'un rempart ou d'une tour. On apercevait des créneaux. En arrière-plan, on distinguait des toits, des maisons, environnées de verdures. Elles s'étageaient sur une colline qui descendait jusqu'à la mer où se reflétait la lune. Son disque était rond, haut dans le ciel. En son centre se découpait une tête couronnée surmontant un corps féminin, translucide, à travers lequel on pouvait voir le paysage, vraisemblablement une déesse.

Elle portait des boucles d'oreilles à longs pendants. Son cou disparaissait sous un épais collier de métal, serti de diamants. Le voile transparent de la robe sur lequel on pouvait distinguer quelques portraits de personnages nimbait toute la scène d'une espèce de clarté. La gravure était encadrée d'une frise richement ornée, au sommet de laquelle se dressait le symbole de la lune. Autour du linteau, un gros serpent s'enroulait.

— Tu as vu ?!?!? C'est extraordinaire !

Elle déplaça sa main théâtralement — comme un

rideau de scène qu'on ouvre — dévoilant la page de droite :

Gustave Flaubert
SALAMMBÔ
compositions
de
Georges Rochegrosse
gravées à l'eau forte par
Champollion
Préface de Léon Hennique

Au centre de la page, dans un cercle, on distinguait une femme à la silhouette hiératique, dans une robe sombre et étroite. De la main droite, elle tenait une lyre, tandis que le bras gauche s'allongeait le long de son corps, la main sur le haut de sa cuisse. En dessous on lisait :

Paris
Librairie des amateurs
A. Ferroud Libraire Éditeur
127, Boulevard Saint-Germain, 127

Salammbô exhibait le lourd volume en arborant un large sourire : « C'est fantastique. Tu te rends compte ! Il s'agit de deux tomes du Salammbô de Flaubert illustré par Georges Rochegrosse. C'est une édition très rare, totalement introuvable en librairie, et voilà que je la découvre sous le sabot de mon cheval ! Cette série n'a été imprimée qu'à six cents exemplaires. Et elle lui avait lu une mention écrite en plus petit : « 1 à 200 exemplaires sur papier du japon grand vélin d'Arches, 201 à 600 exemplaires sur vélin d'Arche ». Le volume qu'elle tenait dans la main avait un numéro inférieur à 200, ce qui était d'autant plus rare. « C'est un exemplaire imprimé sur Grand Vélin d'Arche ! Tu te rends compte ! Trouver cela, ici, sous le sabot d'un cheval, c'est un signe, toi et moi, on ne s'est pas rencontré pour rien. »

Alors Salammbô avait soigneusement emballé les deux volumes, et Jules, aimanté par cette fascinante jeune femme ne l'avait plus quittée. Ils avaient passé la soirée ensemble, puis la nuit, avec les deux précieux volumes. Ils s'y étaient plongés ensemble, s'égarant dans les faubourgs de Carthage ; puis, y pénétrant, impressionnés par le labyrinthe de cette ville si foisonnante sous la plume de Flaubert.

« Les péristyles atteignaient aux frontons ; les volutes se déroulaient entre les colonnades ; des murailles de granit supportaient des cloisons de tuiles ; tout cela montait l'un sur l'autre en se cachant à demi, d'une façon merveilleuse et incompréhensible »[25]

Et c'est ainsi qu'inexplicablement émerveillés, chaque soir, ils traversaient un nouveau chapitre. Puis, enlacés l'un contre l'autre, ils s'endormaient, l'esprit rempli de ce grouillement d'images. Leurs rêves s'animaient de batailles remplies d'armures brillantes, d'éléphants gigantesques, de machines de guerre fantastiques.

Le matin, Jules se demandait parfois s'il se réveillait à côté de la Salammbô du roman, ou de la véritable, de celle qu'il aimait. Il la contemplait... « ... elle dormait, la joue dans une main, et l'autre bras déplié. Les anneaux de sa chevelure se répandaient autour d'elle si abondamment qu'elle semblait couchée sur des plumes

---

[25] Gustave Flaubert, Salammbô (Chapitre IV Sous les murs de Carthage) p. 58

noires, et sa large tunique blanche se courbait en molles draperies, jusqu'à ses pieds, suivant les inflexions de la taille ».[26]

Alors Jules Kostelos avait compris à quel point Foureau se fourvoyait. Il fallait lire Flaubert, tout Flaubert, et pas seulement la rubrique des faits divers. Il avait découvert que Gustave Flaubert était un des plus merveilleux ponts qui soient : celui qui lui avait permis de franchir les océans qui le séparaient de Salammbô. Des océans que jamais il n'aurait pu franchir, s'il en était resté aux leçons de Foureau.

Salammbô était une danseuse d'une grâce époustouflante, la beauté s'attachait à elle avec une évidence qu'il aurait été inutile d'essayer de comprendre. Elle bougeait un doigt, elle tournait la tête, ouvrait une porte, s'asseyait, se levait, peu importe. Son geste était toujours de la danse.

Quand elle montait à cheval, quand elle faisait du ski, quand elle plongeait dans l'eau, c'était encore de la danse. Quand elle ouvrait un stylo, quand elle écrivait, quand elle parcourait un livre, quand elle l'ouvrait ou le refermait, c'était aussi de la danse. Quand elle battait un œuf en neige, quand elle épluchait une pêche, quand elle versait un café. C'était à nouveau de la danse. Salammbô avait étudié au conservatoire de danse en même temps qu'à l'École Nationale Supérieure des Sciences de l'Information et des Bibliothécaires. Il y avait peu de domaines où elle n'excellait pas. Quand elle lisait, la lecture devenait balancement rythmique, et c'est ainsi qu'elle avait réussi à faire swinguer Flaubert aux oreilles de Jules.

---

26 Gustave Flaubert, Salammbô Chapitre V p. 88

Il avait commencé par l'admirer, puis il était tombé amoureux. Il aimait sa franchise, sa finesse, son humour, son courage, son dynamisme dans l'action. Il adorait sa culture, sa beauté, son style, son élégance ; son étonnante capacité à s'émerveiller de nouvelles chaussures exposées dans une vitrine ; son envie subite d'aller à Hambourg, juste au moment où ils arrivaient à Anvers. Ensemble ils avaient discuté, voyagé, exploré, progressé.

Grâce à Salammbô Jules avait compris à quel point Foureau se fourvoyait. Il fallait lire tout Flaubert, absolument tout. Salammbô l'avait convaincu de ses monologues enflammés, passionnée qu'elle était de Flaubert :

— Gustave était un savoureux poète irréaliste, un type aux gestes de bonté planétaire. Il existe des oncles qui — pour faire plaisir à leurs nièces — vont à l'animalerie du coin et ramènent un cochon d'Inde ou un chat. Et bien Flaubert s'est organisé un voyage jusqu'en Égypte pour rapporter une gazelle à sa nièce Caroline ; pour qu'elle joue avec, dans le parc du Croisset. J'aurais bien aimé en avoir un comme ça d'oncle !

— Oh ! C'est vrai ? s'était étonné Jules Kostelos (il était peut-être un peu froissé de ne pas avoir eu le geste aussi grandiose pour sa propre nièce à qui il venait précisément d'offrir un poisson rouge…). Il l'a réellement fait ? Il lui a réellement ramené une gazelle d'Égypte ?

— Non, il n'a pas pu, avait répondu Salammbô. L'oncle Gustave n'avait guère le sens pratique, et c'est seulement arrivé sur place qu'il s'est rendu compte que ce n'était pas possible… D'Assouan, il écrivait piteusement à sa mère : « Je voudrais bien en rapporter une à Croisset pour la petite, mais l'embarras que cela nous causerait m'empêchera de réaliser cette envie. »[27]

Mais cela n'empêche, Flaubert était un cosmopolite ouvert, il le disait, il le répétait à qui voulait l'entendre : « Je ne suis pas plus moderne qu'ancien, pas plus Français que Chinois, et l'idée de la Patrie, c'est-à-dire l'obligation où l'on est de vivre sur un coin de terre marqué en rouge ou bleu sur la carte, et de détester les autres coins en vert ou en noir, m'a toujours paru étroite, bornée, et d'une stupidité finie. — je suis le frère en Dieu de tout ce qui vit, de la girafe et du crocodile comme de l'homme, et le concitoyen de tout ce qui habite le grand hôtel garni de l'univers. »[28]

Grâce à Salammbô, Jules Kostelos s'était alors embarqué pour un long voyage en compagnie de ce grand pêcheur de perles littéraires : « Parmi les marins il y en a qui découvrent des mondes et ajoutent des terres à la terre et des étoiles aux étoiles, ceux-là ce sont les maitres, les grands, les éternellement beaux, d'autres lancent la terreur par les sabords de leurs navires, capturent s'enrichissent et s'engraissent, il y en a qui vont chercher de l'or et de la soie sous d'autres cieux, d'autres seulement tâchent d'attraper dans leurs filets des saumons pour les gourmets et de la morue pour les pauvres. Moi je suis l'obscur, le patient pêcheur de perles qui plonge dans les bas-fonds et qui revient les mains vides et la face blêmie. Je passerai ma vie à regarder l'Océan de l'Art où les autres naviguent ou combattent, et je m'amuserai parfois à aller chercher au fond de l'eau des coquilles vertes ou jaunes dont personne ne voudra, aussi je les garderai pour

---

27 Lettre de Gustave Flaubert à sa mère Assouan le 12 mars 1850 (Correspondance Bibliothèque Charpentier Tome I p. 276)
28 Gustave Flaubert, Lettre du 26 août 1846 à Louise Colet in Correspondance, tome 1 p. 137, Bibliothèque Charpentier 1921

moi seul et j'en tapisserai ma cabane. »[29]

Parmi ces coquillages, avait-il ramassé un Don Juan tombé du pont ? En avait-il tiré un opéra ? En descendant l'escalier pour prendre son petit déjeuner, Jules songe qu'on a toujours tort de s'imaginer tout connaître... Il y a des cabanes que l'on n'a jamais fini de visiter.

— Il faut que j'appelle Salammbô, elle en sait peut-être un peu plus que moi sur ce mystérieux opéra...

---

[29] Lettre du 7 Octobre 1846 à Louise Colet in Correspondance Bibliothèque Charpentier Tome 1 p. 172

Chapitre IV

En arrivant dans la cuisine, Jules Kostelos fut accueilli par Charles Hockolmess, son chat noir.

— Toi, tu ne peux pas me dire, par hasard, si Gustave Flaubert et Giovanni Bottesini ont composé ensemble un opéra dénommé Le Don Juan somnambule ou la chute du pont ?

Sans répondre, son chat le contemplait d'un air qu'il aurait été possible d'interpréter comme étant intelligent, comme s'il avait passé sa nuit à philosopher. Alors Jules entreprit de préparer le petit déjeuner. Il plaça la bouilloire sur le feu un peu de côté. Sise là d'aplomb et maussade, le bec agressif. Thé bientôt. Tant mieux. Gorge sèche. Le chat noir tournait contre le pied de la table, raide, la queue en l'air.

— Mrknaô !

— Cela m'amuse quand tu miaules comme Stephen Dedalus, dit Jules en se détournant du feu.

Charles répondit par un nouveau miaulement qui évoquait plutôt ceux que l'on trouve dans les fables de Jean de La Fontaine.

« C'est curieux comme Charles aime à me contredire », songea joliment Jules en un alexandrin qui était de lui et non pas d'un poète du XVIIe siècle. Il observait, curieux et bonhomme, la silhouette noire du chat. Il se pencha vers lui.

— Du lait pour Charles Hockolmess ?

— Mrknaô !

— Ah ! Tu parles à nouveau comme Stephen ! Les hommes prétendent que vous n'êtes pas intelligents. Vous nous comprenez mieux que nous ne vous comprenons.[30]

— Alors pour Don Juan somnambule ou la chute du pont, tu en penses quoi ?

Charles Hockolmess, sans répondre, le regardait de ses deux prunelles vertes qui phosphoraient dans la pénombre. À force d'insister, il finit par obtenir une boîte de thon (une boîte de thon… ce chat est décidément génial, il m'invite à partir à la pêche). Le thé était prêt. Il le versa dans sa tasse.

« Charles ne pouvait en rester là ; »[31] il réclama du bacon grillé pour accompagner son thon. Jules « céda sans résistance »[32]. Puis, tandis que le chat noir allait s'endormir sous un chapeau melon, abandonné près d'une pyramide de livres, le détective buvait son thé en élaborant le plan de sa journée à venir. D'abord appeler Salammbô, ensuite, résoudre son enquête.

Salammbô et Jules ne vivaient pas ensemble, mais Jules ne pouvait pas se passer de Salammbô. Il l'appelait sans cesse au téléphone. Salammbô habitait en centre-ville et occupait le poste de Conservatrice de la TGMO (Très Grande Médiathèque de l'Ouest) : la Médiathèque Louise Colet, une remarquable réalisation architecturale située à l'ouest du pont Flaubert avec vue sur la Seine[33].

---

30 James Joyce, Ulysse Folio 1974 (Tome I p.81) Pierre Thiry, Ramsès au pays des points-virgules BoD 2009 (p. 75)
31 Gustave Flaubert, Madame Bovary, Michel Levy Editeurs 1857 tome 1 p. 13
32 Gustave Flaubert, Madame Bovary, Michel Levy Editeurs 1857 tome 1 p. 13
33 La TGMO Louise Colet Médiathèque-Bibliothèque ultra moderne a été construite en un temps record entre 2015 et 2016 à un emplacement pratique pour les étudiants sur la ligne de bus allant du campus universitaire de Mont-Saint-Aignan à la faculté de droit à Rouen. Selon certains spécialistes elle serait située à

Des fenêtres de la médiathèque Louise Colet, on pouvait admirer les soulèvements subits du fleuve, occasionnés par le passage des bateaux sur les larges aplanissements des flots menant du Pont Gustave Flaubert à la mer. On pouvait également distinguer, vers l'est, la flèche de la cathédrale, minuscule épine sous l'échine du pont.
Jules estimait qu'il pouvait appeler Salammbô à toute heure du jour sans perturber le service. Elle disposait d'un vaste bureau directorial.

C'était une pièce aux murs blancs ; d'un côté une large baie vitrée ouvrait sur la Seine, on y voyait se dresser les mâts des grands voiliers ; de l'autre côté, le mur supportait un immense tableau de la fin du XIXe (peut-être un Georges Rochegrosse pensait Salammbô, mais elle n'en était pas sûre, car il n'était pas signé). « Une rivière coulait au fond, avec des sinuosités. Des blocs de grès rouges s'y dressaient de place en place, et des roches plus grandes formaient au loin comme une falaise surplombant la campagne, couverte de blés mûrs. En face, sur l'autre colline, la verdure était si abondante qu'elle cachait les maisons.

Des arbres la divisaient en carrés inégaux, se marquant au milieu de l'herbe par des lignes plus

---
l'emplacement précis où Louise Colet a été refoulée par Gustave un fameux jour qu'elle voulait lui rendre visite au Croisset, et qu'il s'y refusa… La rapidité de sa construction a été décidé le jour où l'on a découvert qu'il fallait que Rouen dispose d'un lieu digne de ce ce nom pour fêter le bicentenaire de la naissance de Gustave Flaubert. en 2021 Le choix du nom de Louise Colet a fait l'objet d'âpres discussions, et reste encore contesté par certains. Les opposants ont fini par admettre que c'était un nom qui pouvait se « marier » avec celui du pont.

sombres. Au premier plan des femmes portant des chapeaux de paille, des marmottes d'Indienne ou des visières de papier soulevaient avec des râteaux le foin laissé par terre. Une petite fille les pieds nus dans des savates, et dont le corps se montrait par les déchirures de sa robe, leur donnait à boire, en versant du cidre d'un broc, qu'elle appuyait contre sa hanche. »[34]

  À chaque fois qu'il quittait le bureau, en contemplant la fillette, Georges Astulf, le chef magasinier de la médiathèque, maugréait un :
— C'est qui celle-là ? D'où qu'elle sort ?
Quand elle était de bonne humeur, Salammbô lui répondait :
  — C'est peut-être une fille ou une nièce de Georges Rochegrosse qui lui a servi de modèle. Mais je n'en sais rien puisque je ne suis même pas sûr que ce tableau soit de Georges Rochegrosse.
Quand elle était de mauvaise humeur, elle lui répondait :

  — Vous savez très bien que je ne sais pas, et cette question n'a que peu d'intérêt....
  La porte venait de se refermer, sur la phrase chantante de Salammbô : « C'est une fille ou une nièce... » lorsque le téléphone sonna. Salammbô ne put réprimer un sourire en entendant grésiller la voix à l'autre bout du combiné. C'était l'appel du matin...

  — Bonjour mon petit chou, c'est Jules.

---

[34] Gustave Flaubert, Bouvard et Pécuchet, chapitre II la citation est légèrement tronquée pour tenir dans le cadre du tableau et s'accrocher sur le mur.

— Pas la peine de le préciser, personne d'autre que toi ne m'appelle ainsi mon Don Quichotte adoré. Que puis-je pour toi ?

Jules et Salammbô s'étaient installés dans une relation où ils n'avaient pas besoin de faire l'effort de se comprendre pour se comprendre, ils se comprenaient sans se comprendre et tout en déployant beaucoup d'énergie pour se comprendre, ils savaient tous deux qu'il était inutile de se triturer l'esprit pour se comprendre…

Ils s'aimaient. Simplement. Ce qui n'était pas sans occasionner quelques complications.

Salammbô était notamment un peu agacée que Jules ne puisse se rendre compte qu'il passait son temps à la distraire de son travail. Elle avait donc appuyé sur son « que puis-je pour toi » de manière à ce qu'il entende qu'il la dérangeait un peu. Jules ne s'en aperçut pas et décela au contraire dans la voix de Salammbô toute la chaleur d'une affection qui l'invitait à être volubile.

Il lui raconta donc avec force détails et digressions l'appel de la veille du commissaire Jeton ; l'absurdité dérisoire de ce vol de vélo ; le mystère insolite qui le turlupinait autour de ce mystérieux opéra : « Le Don Juan somnambule ou la chute du Pont » de G. Flaubert et G. Bottesini. « Tu comprends, s'il y a quelqu'un à qui je devais absolument en parler, c'est bien toi qui portes le nom du seul opéra de Flaubert que je connaisse[35] !

---

35 Le roman de Flaubert Salammbô a eu un tel succès à sa sortie qu'il a rapidement suscité l'admiration des musiciens. Berlioz s'y est intéressé. Moussorgski a commencé à composer en 1863 un opéra sur ce sujet (inachevé). Ernest Reyer en a composé un, sur un livret de Camille du Locle représenté pour la première fois en 1890 au Théâtre de la Monnaie à Bruxelles. Le compositeur contemporain Philippe Fénelon a également créé un opéra intitulé

Tu savais qu'il y en avait d'autres ? C'est incroyable ! Avec la culture musicale dont fait généralement preuve le commissaire je doute un peu, mais je... »

— Écoute, Jules, je n'ai guère de temps... Si ça peut te faire plaisir, il n'est peut-être pas complètement invraisemblable qu'il existe un autre opéra de Flaubert... Il n'est peut-être pas impossible qu'il ait écrit quelque chose, un livret, pour Pauline Viardot...

— Qui ?

— Pauline Viardot ! Tu ne connais pas ?

— Mais mon petit chou, je ne suis pas comme toi, je ne connais pas tout à fait tout !

Salammbô sentit ronronner en elle la passion de l'érudition bibliographique... Pauline Viardot, il était impossible que son Don Quichotte adoré l'ignore...

Alors elle lui expliqua à quel point Pauline était un personnage romanesque qu'il devait connaître. Fillette, elle fut quasiment héroïne de western au Mexique.

— Toi, mon Don Quichotte adoré, tu ne dois pas ignorer qui est Pauline Viardot ! L'épouse de Louis Viardot ! Il y aurait un livre à écrire ! s'exclama Salammbô qui devint soudain intarissable sur la vie de la chanteuse qui troublait tant Flaubert...

Aller la nuit sur des sentiers que l'on ne connaît pas, au milieu d'une forêt déserte, où les « desperados » sont moins rares que les voyageurs, cela excite l'imagination, voire l'inquiétude. Surtout quand on s'engage dans ce périple, avec une troupe de chanteuses, comédiens et musiciens, dont un grand nombre d'enfants,

---

Salammbô créé en 1998 à l'Opéra Bastille. Orson Welles dans son film « Citizen Kane » (1941) fait allusion à un opéra intitulé Salammbô.

de costumes et d'instruments de musique. Mais le courage artistique fait faire grands exploits.

Il est vrai que de même qu'un escargot ne se sépare pas de sa coquille, ou un soldat de son arme, jamais un instrumentiste digne de ce nom ne se sépare de son instrument ni un artiste de sa passion. Un violoncelliste ne saurait pas plus se séparer de son violoncelle, qu'un chef d'orchestre de sa chanteuse, et sa chanteuse de ses enfants. De Mexico à Vera Cruz, la troupe du ténor Andalou Manuel Garcia et de la cantatrice Joaquina Stichès Garcia, avait donc pris la route, avec enfants, musiciens, instruments de musique et bagages, mais sans armes…

On ne peut s'encombrer de tout.

Cette troupe, Espagnole d'origine, mais internationale dans sa distribution, venait de faire une tournée à New York puis au Mexique. À New York, cela s'était mal passé. Maria, la fille aînée s'était laissée séduire, par un certain Eugène Malibran. Fâché, l'ombrageux ténor andalou avait abandonné sa fille aux bras du Malibran[36], et avait mené sa troupe à travers le Mexique.

À Mexico, Manuel confie sa plus jeune fille à un certain Marcos Vega l'organiste de la Cathédrale pour qu'il lui donne ses premiers rudiments musicaux, tandis que ses parents donnaient soir après soir, concert sur concert pour faire découvrir aux Mexicains tout le répertoire d'opéra, à la mode en Amérique, dans les

---

36 Maria Felicia Garcia (1808-1836) épouse Malibran dite « La Malibran » a été une des plus célèbre chanteuse d'opéra du XIXe siècle. Immortalisée en 1831 dans Othello de Rossini par un portrait de François Bouchot que l'on peut admirer au Musée du Louvre.

années qui précédaient 1830 : Don Giovanni de Mozart, le Freischütz de Weber, le Barbier de Séville et Otello de Rossini. La tournée fut triomphale, Manuel Garcia son talentueux chef en a une bonne part de mérite, sa soprano de femme, aussi, mais celui-là il n'hésitait pas à se l'attribuer comme il sied à un bon ténor andalou du XIXe siècle…

Pauline fit de considérables progrès, admirée de ses parents, elle a le bon goût de ne pas imiter sa sœur en épousant son maitre de musique, et pour cause : Marcos Vega est Jésuite, quadragénaire ; Pauline est âgée de sept ans. C'est donc d'abord son papa qu'elle admire, dans Le Barbier de Séville.

À Mexico, les Garcia font fortune, ils décident donc de revenir en Europe, il fallait pour cela aller à Vera Cruz, en traversant de périlleux sentiers montagneux, un peu problématiques, au pied du Popocatepetl. Vaillamment ils se mettent en route, Joaquina avec sa fille Pauline ; Manuel avec sa femme Joaquina ; le violoncelliste, son violoncelle ; les violonistes, leurs violons ; Pauline, son imagination enfantine… La troupe Garcia avait donc pris place dans un convoi de diligences chamarré, surchargé, splendide, pesant, lent.

C'est alors qu'au détour d'un chemin, ils se font soudainement attaquer par une troupe de desperados, magnifiques sous leurs sombreros, sombres silhouettes sous leurs ponchos, armés jusqu'aux dents. Scène terrible au crépuscule. Les artistes se font détrousser d'une bonne partie de leurs biens : les recettes de la tournée à Mexico, les valises de costumes, les caisses de décors et quelques autres objets précieux. Heureusement, Joaquina avait gardé sa Pauline ; Manuel, sa Joaquina ; le violoncelliste, son violoncelle ; les violonistes, leurs violons ; Pauline, son imagination.

Grâce à cette remarquable faculté, Pauline fit même preuve ce jour-là d'une intrépidité étonnante. Pétrie de spectacles d'opéra, elle s'était imaginée revivre la scène de l'assaut des brigands dans « Le Freishutz » de Weber. Vingt ans après, elle en parlait encore avec de fières vibrations : « C'était affreusement beau, et tout en me faisant claquer des dents me plaisait. »[37]

Fillette, Pauline adorait déjà la scène ; les scènes d'action et le théâtre s'emmêlaient en elle pour la faire vibrer. Quand elle avait une idée en tête, personne ne pouvait lui faire lâcher prise. « Dans ma famille on m'a surnommée bull-dog parce qu'une fois que j'empoigne une affection, un travail, quoique ce soit, je ne lâche plus prise », aimait-elle dire... Pauline fait une entrée fracassante sur la scène parisienne à l'occasion d'un événement de haute portée politique : le retour des cendres de Napoléon 1er de l'île de Sainte-Hélène. Elle avait pour l'occasion chanté le Requiem de Mozart aux invalides, le 15 décembre 1840, dans une foule où se bousculait le tout Paris : Chopin, George Sand, le peintre Delacroix étaient dans la salle...

Le caractère exceptionnel de l'événement avait été marqué, peu de jours avant, à Rouen par un fait d'une grande ampleur qui n'était pas passé inaperçu aux yeux du jeune Gustave Flaubert (il était alors âgé de 19 ans). Lors du passage des cendres de Napoléon à Rouen : le pont levant... (récemment inauguré en 1836)... le pont levant... s'était levé... pour la seule et unique fois de son existence !

---

37 Lettre de Pauline Viardot à Julius Retz du 21 janvier 1859

Gustave avait-il eu conscience que ce fabuleux événement rouennais : la montée du pont, se soulevant pour laisser passer les cendres de Napoléon, préparait le succès de Pauline Garcia à Paris dans « Le Requiem » de Mozart ?

La vanité du spectacle l'avait fortement impressionné. Le pont levant de Rouen, fabriqué en 1836 se voulait être une merveille de technologie. L'aboutissement du progrès technique qui devait témoigner pour les siècles à venir de l'exemplarité des ingénieurs de ponts et chaussées.
Face aux cendres de l'empereur, cette merveille technologique ne s'était pas inclinée, abaissée, bien au contraire... Elle s'était dressée de toute sa hauteur. Les politiques passent, l'industrie reste, semblait dire ce spectacle grandiose.

Hélas, ce fut la première et la dernière fois que ce pont se leva. Se détériora-t-il ensuite ? Était-il mal conçu ? Le pont levant de Rouen avait peu marqué les esprits. Aucun romancier n'en avait fait un roman. Aucun peintre n'en avait fait un tableau.

L'interprétation du « Requiem » de Mozart par Pauline Viardot avait en revanche fait forte impression.

Delacroix avait été profondément marqué, ainsi qu'en témoigne le poète allemand Heinrich Heine : « ... une sorte de laideur noble, je pourrais presque dire belle, et qui a parfois ravi en extase le grand peintre des lions, Delacroix. »

Pauline n'avait pas séduit que Delacroix, elle avait subjugué la foule et fait palpiter particulièrement un cœur qui battait dans la foule. Ce cœur n'était pas n'importe lequel. C'était un de ceux qui avaient su conquérir une multitude de lecteurs autour d'un chef-d'œuvre de la littérature. Et pas n'importe quel chef-d'œuvre : un chef-d'œuvre incontesté ; un des rares livres que Gustave Flaubert n'a jamais cessé d'admirer. Un de ceux qui plus que tout autre l'a influencé et qu'il plaçait au-dessus de tous les autres : « Quels écrasants livres ! Ils grandissent à mesure qu'on les contemple, comme les pyramides, et on finit presque par en avoir peur. Ce qu'il y a de prodigieux dans Don Quichotte, c'est l'absence d'art et cette perpétuelle fusion de l'illusion et de la réalité qui en fait un livre si comique et si poétique. Quels nains que les autres à côté. Comme on se sent petits ! »[38]

Le cœur que Pauline avait donc réussi à conquérir était celui qui avait mis à disposition de Gustave Flaubert ce fabuleux Don Quichotte. Ce cœur battait dans la poitrine de Louis Viardot, un séducteur, traducteur, inducteur de rêves et d'orient. Viardot n'était pas seulement le traducteur du Don Quichotte de Cervantès (pour l'édition de 1836 illustrée par Gustave Doré), il était l'auteur d'un roman : Lettre à un espagnol (1826) et de plusieurs ouvrages sur l'orient : « Essai sur l'histoire des Arabes et des mores d'Espagne » (1833), « Scène de mœurs arabes » (1834).

Louis Viardot était enfin directeur du Théâtre des Italiens.

Pauline n'avait donc eu que de bonnes raisons pour l'épouser. Le mariage avait eu lieu quelques mois plus tôt le 18 avril 1840 à la Mairie du 2e arrondissement à Paris.

Alors les Viardot vécurent heureux, le couple

---

[38] Lettre à Louis Colet un mardi soir au Croisset 1852 Correspondance (tome 2 p. 148) Bibliothèque Charpentier 1921

s'installa quatre ans plus tard dans un manoir de style Henri IV : le domaine de Courtavenel. Pendant que Louis Viardot partait à la chasse, Pauline y composait ses premières mélodies. L'une d'elles fera fureur : « Le Savetier et le financier ». Le couple Viardot fait alors partie — comme George Sand — de cette opposition socialiste fortunée hostile à Louis Philippe.

Au moment de la Révolution de 1848 qui renversa Louis Philippe, le couple Viardot est à Berlin. George Sand écrit alors à Pauline pour qu'elle revienne à Paris pour mettre sa voix au service de la Révolution : « Il faut absolument que vous chantiez vous-même votre cantate. Je veux qu'on vous voye (sic) qu'on vous admire, et vous aime, et que vous preniez pied en France de par la République. On va aussi donner dans la salle de l'Opéra du Conservatoire des concerts au peuple.

— Chantez-y si vous êtes ici. Il ne s'agit plus de s'user pour des bourgeois, mais de conquérir le peuple et le pouvoir. »[39]

Le 6 avril 1848, la cantate de Pauline est donnée au « Théâtre de la République » (le « Théâtre français ») Théophile Gautier y était présent : « Après les Horaces [joués par Rachel], on a exécuté une cantate de Pierre Dupont, dont la musique est de Mademoiselle Pauline Garcia (Viardot), Roger chantait les solos et le refrain était repris par cinquante jeunes filles élèves du conservatoire, habillées de mousseline blanche et ceintes de rubans tricolores. »[40]

La petite fille qui affrontait les desperados dans la forêt Mexicaine était alors devenue la chanteuse des

---
39 George Sand, Lettre à Pauline Viardot mars 1848)
40 Théophile Gautier, Histoire de l'art dramatique en France cité in Barbier Pauline Viardot

républicains. C'est alors que le compositeur Meyerbeer lui confie le rôle de Fidès dans son opéra Le Prophète. Le livret en est tiré de Voltaire. Dans la Hollande du XVIe siècle, Jean de Leyde, un illuminé tente d'imposer son fanatisme. Sa folie est combattue par sa mère la raisonnable Fidès. Un opéra qui ne pouvait avoir que du succès dans cette période de tourmente révolutionnaire. Un rôle dans lequel elle avait fait une immense impression sur Gustave Flaubert.

Faut-il s'en étonner ? Il venait de quitter sa mère pour ce fameux voyage en Égypte, destiné à capturer une gazelle pour sa nièce. Avant de remonter le Nil, il se délasse quelques instants à Paris, va à l'opéra et tombe sur Pauline qui lui rappelle sa raisonnable maman…

Un rôle dans lequel Pauline s'était considérablement investie. Elle l'avait même écrit à George Sand : « En attendant, je suis en train de travailler au Prophète, que le grand maestro me fait connaître bouchée par bouchée. Toutes ces bouchées finiront par former un grand plat et un bon. C'est très simple, très noble, très dramatique et par conséquent très beau. Je suis très heureuse d'avoir une perspective si intéressante pour mon hiver. Il me faut du travail, beaucoup de travail, c'est ce qui m'a sauvé jusqu'à présent, ce sera je l'espère, ma sauvegarde aussi longtemps que j'aurai une voix, des yeux et des bras. »[41]

— Cette lettre de Pauline à George Sand m'a toujours amusée, s'esclaffait Salammbô, car il se trouve que cet opéra de Meyerbeer (elle prononçait de manière à faire entendre « Meilleur Beurre ») demeurera toujours

---

41 Pauline Viardot, Lettre à George Sand (6 décembre 1848) cité in Barbier, Pauline Viardot p. 134

pour moi une pièce montée totalement indigeste et relativement étouffante. Mais quoiqu'il en soit mon Don Quichotte adoré, il me paraîtrait assez plausible que celle qui a chanté le requiem de Mozart à l'occasion de l'unique levée du pont levant de Rouen puisse être la dédicataire d'un livret d'opéra écrit par Flaubert et intitulé « Le Don Juan Somnambule ou la chute du pont ». Si tu veux je te montrerai un livre que nous avons ici « Flaubert et la musique » par Onésime Dubois. Je suis quasiment sûre qu'il y parle de cet opéra. Tu pourras venir le lire, si tu veux — quoique ce ne soit certainement pas un ouvrage bien

 passionnant. Cesse donc de t'inquiéter pour cet opéra, et mets-toi plutôt à la recherche du vélo du commissaire. Bon, mais j'ai beaucoup parlé. Je te laisse. J'ai du travail.

 Jules aimait tant le son de la voix de Salammbô qu'il aurait voulu qu'elle continue. Elle avait des talents de conteuse. Elle parlait comme un livre. Il aurait voulu connaître la suite des aventures de Pauline Viardot. Il aurait voulu en savoir plus sur ce « Don Juan somnambule et la chute du pont ». Quand l'avait-il écrit ? Quand Pauline Viardot, Gustave Flaubert et Giovanni Bottesini s'étaient-ils rencontrés ? Et s'étaient-ils réellement rencontrés ?

 Au lieu de commencer son enquête pour retrouver le vélo du commissaire, Jules n'avait plus qu'une idée en tête : savoir le plus rapidement possible quand, où, comment, Giovanni Bottesini et Gustave Flaubert avaient pu composer ce mystérieux opéra ? Il était tellement obsédé par cette question qu'il décida qu'il ne pourrait retrouver le vélo du commissaire, sans résoudre au préalable cette question.

C'est bien parce qu'il aimait tenir ce type de raisonnement que Salammbô l'avait surnommé « Mon Don Quichotte adoré ».

Roulé en boule à côté de son chapeau melon, Charles Hockolmess le chat noir ronronnait en se moquant d'un œil narquois des entêtements de son maitre…

Chapitre V

En partant, Jules Kostelos avait mis en route le lave-vaisselle, en laissant traîner par-dessus un volume de « Bouvard et Pécuchet »…

— « Tiens ! Il veut donner de la lecture au lave-vaisselle ? » se dit Charles en s'endormant tout en s'interrogeant sur l'intelligence des lave-vaisselles.

« À force de rendre les objets familiers, l'habitude amène souvent à ne plus les remarquer. Nous trouvons quelconque ce qui est trop fréquent. À trop les voir nous perdons la capacité de les contempler et d'admirer. Combien parmi nos contemporains, par exemple, regardent les lave-vaisselles qui ornent nos cuisines, sans réfléchir à tout ce que ces merveilleuses machines impliquent d'efforts, de patience, de passion, d'intelligence et tout ce qu'elles promettent de ressources et d'amélioration à l'humanité ! Le lave-vaisselle (qui malgré ses admirables perfectionnements, peut être regardé comme au début de son adolescence) n'est pas seulement une prodigieuse conquête du progrès scientifique, c'est aussi toute une révolution apportée aux relations psychologiques, sociologiques, politiques, commerciales, culturelles et même peut-être touristiques.

Avant cette invention, l'être humain ne pouvait combattre les complexités de ses après-repas que dans une lutte continuelle contre les forces hostiles qui peuplent une cuisine à l'issue d'un banquet réussi. S'il parvenait à échapper aux caprices de l'eau froide parce qu'il possédait un chauffe-eau, il évitait rarement de se brûler les mains au contact de l'eau de la bassine dans laquelle il lui fallait s'immerger les avant-bras. En outre il lui fallait endurer les inconvénients cutanés liés au contact visqueux de ces substances chimiques dites "liquides à vaisselle". Et bien souvent il terminait cet exercice long et fastidieux dans une marée graisseuse d'huile de cuisson gavée d'oignons, d'ail ou d'échalotes.

La vaisselle était une hydre féroce, polymorphe et indomptée. L'homme (et la femme plus encore selon une historiographie autorisée) la subissait plus qu'il ne la dominait. La cuisine demeurait une friche sauvage, rétive à l'action directe et éclairée de la volonté rationnelle.

Grâce au lave-vaisselle, il n'en va plus ainsi. Chaque foyer comprend en son sein, grâce à cet appareillage humide et ronronnant, les promesses d'un avenir radieux et ensoleillé. Sauf cas rare et imprévu, on sait désormais quand débute une vaisselle et quand elle s'achève. L'existence humaine a ainsi conquis la maitrise du temps, cette condition indispensable au développement des relations. L'individu libéré de ses entraves, à l'heure de nettoyer ses couverts, peut désormais sortir de chez lui. Tout le monde en a saisi les avantages.

Dans les tourbillonnements du monde moderne, chaque heure qui cloître la femme (ou l'homme) loin du bouillonnement de la société et de ses affinités électives, est une heure perdue au développement accroissif de l'humanité. C'est un retranchement à la vie. Toutes les victoires sur le temps et l'espace[42] sont de véritables allongements de notre existence. Faciliter la possibilité des relations les multiplie. Les esprits obtus disparaissent de la

---

42 Y-a-t-il plus belle conquête sur l'espace d'une cuisine que l'allure compacte et généralement blanche de ces engins cubiques ?

surface de la planète. On voit, on est vu, on s'embellit. On fait attention à la munificence des autres. La vie qui s'arrêtait à l'évier, à la cuisine, à la demeure, au bourg, à la province, s'étend insensiblement à la métropole, aux continents, aux océans, au cosmos, à l'univers.

À force de fréquenter les autres, plutôt que de gratter ses poêles, on devient plus humain. La grenouille de bassine se fait artiste, le rat d'évier devient philosophe. La magnifique harmonie vers laquelle les esprits élevés ont toujours su hausser les cerveaux lents s'enrichit jour après jour des sonorités les plus suaves. Une telle qui ne savait que faire briller les inox, flâne désormais dans la vie, les yeux pleins d'Uccello, l'esprit rempli d'Ovide, les oreilles gavées de Purcell. Cet autre qui perdait tant de temps à récupérer les vieilles fontes compose désormais des opéras philosophiques à tour de bras, comme d'autres font leurs tartines ; et il vit au milieu des admirateurs éclairés par la flamme de son génie. Aujourd'hui d'Artagnan épouserait Madame Bonacieu en lui offrant un lave-vaisselle et Alexandre Dumas savourerait le temps gagné à ne plus perdre de précieuses journées à nous narrer le détail de ces aventures compliquées où de rocambolesques mousquetaires doivent affronter de traîtresses Miladys rendues aigries par leur absence de lave-vaisselle. De nos jours, Madame Bovary se ferait offrir un lave-vaisselle par un énarque amateur de delta-plane, ils auraient beaucoup d'enfants et Gustave Flaubert n'aurait pas eu besoin de se noyer dans ces complications romanesques si nuisibles aux économies de papier, et par conséquent à la forêt amazonienne. Au lieu de se plaindre : "Me revoilà dans la sempiternelle Bovary ! 'Encore une fois sur les mers', disait Byron. 'Encore une fois dans l'encre', puis-je dire."[43] Gustave Flaubert aurait sans doute écrit : "La Bovary est dans la machine, ça tourne !" "On sait quand commence et s'achève une vaisselle." Écrivait Lamotte-Beuvron, "Mon pont s'élève avec majesté au-dessus d'un océan d'encre sculptant mes phrases et je peux m'élever si haut que j'en vois les deux rives." Il est indéniable que dans cette révolution considérable dont nous voyons de jour en jour le travail s'accomplir vers un plus grand respect de la planète et de son humanité, les lave-vaisselles sont amenés à jouer le rôle d'un pont élévateur. L'obscurité des labyrinthes du passé, les lumières des autoroutes du futur, ont dépendu et dépendront de ce génie, destructeur des remparts isolant les foyers de l'activité lyrique, en ouvrant des ponts au-delà des rives et des frontières. Et il en va des ponts comme des lave-vaisselles, ils ouvrent des voies inédites pour la prose à venir.

« Combien, parmi nos contemporains, par exemple, regardent les ponts qui coiffent nos fleuves, sans réfléchir à tout ce que ces merveilleux ouvrages impliquent d'efforts, de patience, de passion, d'intelligence et tout ce qu'ils promettent de ressources à l'amélioration de l'humanité… »[44]

« Ah ! cependant… rêvait Charles… la gloire des ponts est bien éphémère. Jules et Marc Seguin étaient de grands ingénieurs, inventeurs des ponts suspendus, gloire des ponts et chaussées. Ils devaient faire fière figure le 1er septembre 1836, à l'inauguration de leur merveilleux ouvrage. Le pont Saint Sever, un pont suspendu dont la partie centrale pouvait se soulever pour laisser passer les

---

43 Gustave Flaubert, Correspondance, Tome 2 p. 25
44 « Il ne faut pas désespérer » par Jérémy de Lamotte-Beuvron in « Les rêves de Charles Hockolmess » (ouvrage inédit).

bateaux. Une idée géniale et novatrice. On allait voir ce qu'on allait voir. Un poète local avait même composé à l'intention du pont l'hommage du Steamer au pont élévateur des frères Seguin :

Sous le pont Saint Sever coule la Seine
Et nos tambours
Faut-il qu'il m'en souvienne ?
Mes roues labouraient la liquide plaine

Tournent mes bielles et leur moteur
Et souffle et siffle ma vapeur

Jamais le progrès ne sera une impasse
Tandis que sous
Le pont de mes roues passe
Chatouillée par mes aubes l'onde lasse

Tournent mes bielles et leur moteur
Et souffle et siffle ma vapeur

Le pont se lève l'attraction nous enchante
L'industrie va
Comme ces poulies chantent !
Comme l'œuvre des Seguin est savante !
Tournent mes bielles et leur moteur
Et souffle et siffle ma vapeur

Les jours passent et toujours coule la Seine
Et le progrès
Que nos tambours reviennent
Et le pont s'élèvera sur la Seine

Et souffle et siffle ma vapeur
Sous le beau pont élévateur[45]

En dépit de l'hommage du poète, le pont ne s'était levé qu'une seule fois — ricanait Charles Hockolmess dans son rêve — pour laisser passer le convoi transportant un empereur réduit en cendre... Malgré la science des ingénieurs et son charme industriel, le pont Saint Sever était tombé lui aussi en panne, on le remplaça par un plus « inébranlable encore », et ça recommence. Rien de neuf sur le fleuve. Cela fait des siècles qu'elle dure cette valse des ponts, sur la Seine à Rouen, rêve le chat. À chaque époque, son pont. Au Moyen-Âge déjà...

La duchesse Mathilde, la petite fille de Guillaume le Conquérant avait décidé d'en faire construire un beau. En pierre. Ils ont mis quinze ans à l'édifier de 1151 à 1167, caillou après caillou, pierre à pierre, patiemment avec art et méthode. Une fois qu'il fut achevé, on le défendit par un château, le fameux Château de la Barbacane... Mais ce que les hommes bâtissent ne dure guère... Trois siècles après, ce château n'est déjà plus que l'ombre de lui-même. Gardien dérisoire, d'un pont qui avait déjà été bien attaqué par les pluies, les tempêtes, les hommes et la poudre...

En 1419, on reconstruit donc un nouveau Château de la Barbacane, tout beau, tout neuf, mais à la fin du XVIIIe siècle les hommes le trouvent déjà vieux et le détruisent à nouveau. Il est vrai qu'il ne défendait plus rien. Le pont de la Duchesse Mathilde avait été complètement détruit un siècle avant, en trois ans, de

---

[45] Ce poème est signé anonymement du pseudonyme L'Apeau Lunaire

1659 à 1661. Sous le règne de Louis XIV, on avait mis trois ans à détruire ce que l'on mettait quinze à construire sous celui de la Duchesse Mathilde… Il est vrai qu'il était déjà en ruine. Un peu plus de cent cinquante ans avant, il avait déjà été coupé en deux par une explosion.

Admirable illustration du fait que le progrès, c'est la vitesse. Et c'est au nom du progrès qu'ils décidèrent de remplacer le pont en pierre par un pont flottant, soutenu par dix-neuf bateaux. C'était plus pratique pour faire passer les grands navires du roi Louis XIV. Le pont s'ouvrait horizontalement.

C'était intelligent, songeait le chat noir au chapeau melon, ainsi l'activité portuaire pouvait battre son plein, sur le fleuve, de la mer à Rouen, de Rouen à Paris. C'était sans compter sur l'ambition de Napoléon Ier. À l'époque où il n'était pas encore en cendre, il n'avait qu'une idée : faire mieux que Louis XIV. En Juin 1810, il décida donc de construire un nouveau pont, à la place de ce pont de bateaux, désuet, indigne d'un grand pays comme la France. Ils me font miauler avec la grandeur de leur France, songeait Charles Hockolmess. Précisons, à ce stade du récit, que Charles Hockolmess était anglais. Jules Kostelos l'avait adopté lors d'un voyage d'agrément en Angleterre, dans le village de Baskerville[46].

Charles Hockolmess avait, il est vrai, matière à rire. Décidée par décret en 1810, la construction ne commença que le 3 septembre 1813. Ces fameuses lourdeurs de l'administration dont ils ne cessent de se plaindre, jubilait le chat noir. Il était enchanté par son

---

46 Pour en savoir plus sur la vie de Charles Hockolmess avant qu'il ne se retrouve à jouer le rôle de chat domestique et rêveur chez Jules Kostelos, vous pouvez lire « Ramsès au pays des points-virgules » par Pierre Thiry BoD 2009

rêve, tant il lui paraissait rempli d'humour. Le piquant de l'affaire était en effet que Napoléon avait envoyé sa seconde femme, Marie-Louise, poser la première pierre. Ainsi en va-t-il des empereurs français chez les hommes, jamais un chat anglais ne songerait à faire faire ce travail par une de ses chattes, fût-elle Siamoise ou Persane.

Encore une illustration de la jalousie de Napoléon envers Louis XIV. Ce dernier ayant créé le corps des ingénieurs des ponts et chaussées, Napoléon avait préféré faire poser la première pierre par l'impératrice Marie-Louise plutôt que par l'ingénieur du pont : Corneille Lamandé. Un ingénieur prestigieux. Il était aussi l'auteur du pont d'Iéna et du pont d'Austerlitz à Paris…

La première pierre ayant été posée en 1813, il était surprenant que ce pont ne porte pas le nom d'une victoire napoléonienne. Il est vrai que l'on avait mis seize ans à le construire : trois ans de plus que le pont de la Duchesse Mathilde, élevé pourtant au XIIe siècle.

— Miaow Miaow…

Et ils appellent ça le progrès miaulait Charles Hockolmess… Le pont ne fut en effet inauguré qu'en 1829. Le docteur Flaubert de Rouen avait alors déjà deux garçons : l'aîné, Achille, qui avait seize ans, le cadet, Gustave qui avait huit ans. Le docteur Flaubert était un homme bon et généreux, mais personne ne songea à donner son nom au pont nouvellement inauguré. On préféra lui donner le nom de pont d'Angoulême. Était-ce parce que la ville de Rouen voulait rendre hommage à cette tranquille bourgade de la Charente, ville portuaire qui deux ans auparavant abritait l'École Royale de la Marine ?[47]

---

47 Charles Hockolmess rêve fort justement : la ville d'Angoulême

C'était bien plus probablement pour rendre hommage au Duc d'Angoulême fils aîné du roi Charles X, époux de Marie-Thérèse, la fille du Louis XVI. Il n'aurait pas fallu qu'à l'époque, un romancier quelconque s'avise d'écrire « Le Mystère du pont d'Angoulême ». Cela aurait été une très mauvaise idée commercialement parlant. À peine un an après, à la suite des journées révolutionnaires de Juillet qui portèrent au pouvoir le roi Louis-Philippe, le pont changeait de nom pour devenir le pont d'Orléans. Était-ce par une volonté des Rouennais de s'amender d'avoir brûlé Jeanne d'Arc, par une envie de rappeler l'une des victoires de la guerrière Lorraine ? C'était bien plus probablement pour plaire à la famille d'Orléans fraîchement arrivée au pouvoir. Si, à l'époque quelqu'un s'était avisé d'écrire un livre s'intitulant « Le Mystère du pont d'Orléans », il n'aurait pas fallu qu'il mette plus de dix-huit ans à l'écrire.

En effet à la suite de la révolution de 1848 le pont avait changé à nouveau de nom pour devenir le pont Corneille. Était-ce enfin pour rendre hommage à l'ingénieur du pont : Corneille Lamandé L'ingénieur à qui l'impératrice Marie-Louise avait volé la pose de la première pierre ?

Dans son rêve Charles Hockolmess, le chat noir britannique, n'était pas loin de le penser. Lors des émeutes de 1848, des ouvriers rouennais avaient brûlé le pont aux Anglais (un pont de bois dit aussi pont d'Eauplet destiné au chemin de fer construit en 1847 pour la ligne Rouen Le Havre). Ce pont avait été construit par des ouvriers anglais pour éviter d'embaucher des Français.

---

abritait depuis le règne de Louis XVIII une école royale de marine. Elle a été transférée en 1827 à Brest.

Les révolutionnaires rouennais avaient donc profité de la révolution de 1848 pour brûler ce pont qui était devenu un symbole d'iniquité sociale. Par souci d'apaisement, il aurait été donc de bonne politique, de rendre hommage aux bâtisseurs de ponts français, de donner au pont de pierre situé en amont, le prénom de son créateur, un ingénieur des ponts et chaussées, formé à son métier en 1792, en pleine période révolutionnaire.

Corneille Lamandé était, par sa mère, le descendant d'une famille de corsaires néerlandais les Jacobsen ; par son père, l'héritier d'une famille d'ingénieurs des ponts et chaussées. Il avait donc quelques raisons de sortir premier de sa promotion de l'école des Ponts et Chaussées. Son père était chargé des infrastructures du port du Havre, c'est tout naturellement que son fils fut appelé pour le seconder et se perfectionner dans son métier dès 1798, un an avant d'obtenir son diplôme d'ingénieur an 1799. Un an après, nommé ingénieur au ministère de la Marine, puis au ministère de l'Intérieur, il est chargé des quais et des ponts parisiens. C'est ainsi qu'il devient le concepteur du pont d'Austerlitz et du Pont d'Iéna. Ayant aménagé le port du Havre et les ponts de Paris, il était tout naturel que l'on confie aussi à Corneille Lamandé un pont à Rouen. Et, aux yeux d'un chat anglais, rêvant à l'ombre d'un chapeau melon, il paraissait juste que l'on donne son prénom à ce pont qu'il avait construit au cœur de son sandwich, entre son port du Havre, et ses ponts de Paris. Seulement, la justice des hommes n'est pas celle des chats ; leurs idées non plus. Corneille Lamandé avait eu l'idée saugrenue d'entamer une carrière politique en 1821, l'année même de la mort de Napoléon 1er et de la naissance à Rouen du deuxième fils du docteur Flaubert, alors que régnait encore le roi Charles X…

Tandis que Gustave Flaubert piaillait dans son berceau de bébé, Corneille est nommé conseiller général de la Sarthe ; en 1827, il est même élu député… Il adopte alors une attitude libérale, défendant la liberté de la presse ou le monopole de l'État sur les routes (pour éviter le péage destiné à des concessionnaires privés). Mais après les journées révolutionnaires de Juillet 1830 et l'arrivée de Louis-Philippe au pouvoir, Corneille Lamandé cesse soudain toute activité politique. La révolution le dépasse. Il revient à ses premières amours : ses activités d'ingénieur, l'aménagement des ponts et des ports.

Lorsqu'il meurt en 1837, à l'âge de 61 ans Corneille Lamandé, était revenu à la passion de ses vingt ans : l'aménagement du port du Havre.

Durant l'été 1836, tandis que le sexagénaire ingénieur des ponts et-chaussée Corneille Lamandé épuisait ses dernières forces au milieu des grues de l'industrieux port du Havre, Gustave, le fils cadet du docteur Flaubert, se prélassait sur la plage de Trouville admirant les jolies baigneuses, tombant même amoureux de l'une d'elles, une certaine Élisa, compagne du marchand de musique parisienne : Maurice Schlesinger. Il est probable que la légèreté avec laquelle elle marchait sur la plage avait plus de grâce que la façon dont le pont des frères Seguin s'était élevé au-dessus du Steamer qui ramenait les cendres de Napoléon 1er de Sainte-Hélène. Et tandis que Corneille Lamandé mourait au Havre, le jeune Gustave Flaubert, transi d'amour, écrivait « Un Rêve d'enfer », « Passion et vertu », « Une leçon d'histoire naturelle : genre commis »… La rencontre d'Élisa ne s'était pas faite en vain.

Quel rôle avait joué, dans la mort de Corneille Lamandé, l'inauguration du pont élévateur des frères Seguin ? Quel rôle avait joué dans la vie de Gustave Flaubert l'élévation du pont des frères Seguin au-dessus des cendres de Napoléon 1er ? On sait que dans son Dictionnaire des idées reçues Flaubert avait défini le mot ENTHOUSIASME par : « Ne peut être provoqué que par le retour des cendres de l'empereur... »
Aucun commentateur de l'œuvre de Flaubert n'a jusqu'à présent décelé dans cette définition du « Dictionnaire des idées reçues » la véritable illustration de la passion des ponts levants qui animait Gustave Flaubert.

Et pourtant les faits sont là. N'est-ce pas dans cette définition de l'enthousiasme qu'il faut voir la véritable raison du nom donné au plus récent des ponts levants de Rouen ? Quelles sont les véritables raisons pour lesquelles on pose un nom sur une chose ? Il y a toujours une part d'ambiguïté et de mystère... Charles Hockolmess était convaincu que les Rouennais avaient de nombreux motifs de donner le prénom de Corneille Lamandé à l'ex-pont d'Orléans (dit également « pont circonflexe », car il venait caresser l'île Lacroix avec la souplesse d'un accent circonflexe). Le pont Côrneille ronronnait le chat avec emphase...

Mais hélas pour le caractère prémonitoire des rêves, Charles Hockolmess faisait sans doute fausse route. Que des Rouennais donnent en 1848 à l'un des plus beaux ponts de Rouen le nom d'un des aménageurs du port du Havre, qui plus est député de la Sarthe, démissionnaire en 1830, cela n'était sans doute pas concevable.

Si le pont Corneille avait été nommé le pont Corneille en 1848, ce n'était donc pas pour rendre hommage à son concepteur Corneille Lamandé. C'était, paraît-il, pour rendre hommage à un célèbre auteur de théâtre : Pierre Corneille.

Or, il se trouve que ce nom ne disait strictement rien à Charles Hockolmess. Il est vrai qu'en tant que sujet de la Reine d'Angleterre, il ne connaissait qu'un auteur de théâtre : William Shakespeare. Un personnage considérable, avec une vie misérable.

Braconnier dans le village de Stratford, il avait émigré en 1582 à Londres pour exercer le métier de gardien de chevaux devant les théâtres. Il s'était enhardi, avait fini par y entrer, sous la scène pour devenir souffleur, puis il y était monté pour devenir acteur, puis auteur... Et quel auteur ! Il avait composé « Roméo et Juliette »[48], l'œuvre qui allait inspirer Jules Verne pour ce fabuleux roman « L'île à Hélice »[49].

Charles Hockolmess aurait compris que l'on donne le nom de Shakespeare à un pont ou bien celui de Jules Verne, puisqu'il avait écrit « L'île à Hélice » (subtile solution de substitution à un pont défaillant) et qu'il portait le même prénom que son serviteur [50]— mais celui de Pierre Corneille ! Quelle idée saugrenue.

Le chat noir qui n'aimait pas avoir tort décida qu'il devait y avoir deux explications concurrentes à ce nom de Corneille apposé sur le pont. Pour les ingénieurs

---

48 Pièce de théâtre de William Shakespeare (1595)
49 Roman de Jules Verne (1895) illustration de l'idée selon laquelle certains livres mettent trois-cents ans à s'écrire…
50 Charles Hockolmess considérait Jules Kostelos comme son larbin, mais par souci d'urbanité, il l'appelait — même à l'occasion d'une incidente dans un rêve — « mon serviteur ».

des ponts et chaussées, ce pont portait le prénom de l'ingénieur Lamandé, pour les autres il portait celui du nom de cet auteur inconnu des Anglais : Corneille[51].

L'intuition du chat noir s'appuyait sur une anecdote. La poétesse normande Lucie Delarue-Mardrus racontait une aventure qui lui était arrivée, à Rouen, en fiacre, dans les années 1920. Au moment où elle passait sur le pont, devant la statue de Pierre Corneille, son fiacre s'arrêta. Cette statue était installée sur l'île Lacroix, au milieu du pont. Par jeu, Lucie Delarue-Mardrus questionna le cocher :

— Qui est ce personnage ?
— C'est le Monsieur qui a fait le pont ![52]

Lucie Delarue-Mardrus en avait conclu que ce cocher était inculte. Si elle avait pu lire dans les rêves de Charles Hockolmess, elle en aurait conclu que ce cocher, cultivé, raisonnait comme un ingénieur des ponts et chaussées trouvant plus ingénieux et prestigieux de nommer ce pont « William Shakespeare », du nom du souffleur qui avait eu le souffle d'écrire dans « La Tempête » : « Nous sommes de cette étoffe de laquelle naissent les rêves. »[53]

À ce moment précis, Charles fut réveillé par une caresse, un mouvement du chapeau melon ; il avait été déplacé à la suite d'un courant d'air provoqué par un claquement de porte. Jules Kostelos venait de sortir en enfermant son chat.

Charles jeta un œil par la fenêtre, il pleuvait. Il

---

51 George Steiner, La Mort de la tragédie Folio Essai 1998 p.p. 52 à 104
52 Anecdote rapportée par Louis Bertrand dans Flaubert à Paris ou le mort vivant Librairie Grasset 1920, p.20
53 William Shakespeare, La Tempête (1612)

décida donc de fermer l'autre œil (celui qu'il n'avait pas jeté par la fenêtre) pour flegmatiquement se rendormir…

Chapitre VI

« Et s'il se décide à faire beau, il y a la chatière… » se dit Charles Hockolmess en fermant son deuxième œil, tout en s'assoupissant…

Jules avait décidé de se rendre à la TGMO Louise Colet. Pour cela il lui fallut d'abord arpenter le port, déjà noir de monde avec l'Armada qui battait son plein.

Une file d'attente se formait déjà pour monter sur le Cuauthemoc, le navire mexicain. Un grand trois-mâts, blanc, de quatre-vingt-onze mètres de long.

Il aurait aimé, lui aussi monter à bord, respirer un peu d'air du Mexique. Peut-être est-ce sur ce bateau que Louise Garcia était revenue du Mexique, et que Giovanni Bottesini y était parti.

Qu'est-ce qui pouvait pousser ces musiciens d'opéra à fréquenter le Mexique ?

Ce grand trois-mâts avait des allures de décor d'opéra. Était-ce un hasard ? Le Mexique, l'Amérique, des territoires inconnus pour Jules. Il n'y était jamais allé. Il les imaginait (comme Kafka, qui n'était jamais allé outre-Atlantique, les réinventait dans son roman « Amérika »).

Pourquoi Giovanni Bottesini était-il allé au Mexique ? Jules et Stephen s'étaient souvent posé la question. Ils avaient trouvé un vieux dictionnaire chez un bouquiniste : Le Dictionnaire Universel d'Histoire et de Géographie par N.M. Bouillet, Paris Hachette 1876. On y parlait du Mexique, juste après la notice sur Meximieux. Pour Meximieux, c'était simple, ça tenait en deux lignes : Meximieux, ch.-l.de cant. (Ain), à 45 kil. E. de Trévoux ;

1900 h Station. Petit séminaire. Vin. » Si au lieu d'aller au Mexique, Bottesini était allé à Meximieux, il aurait eu une petite vie tranquille, sans histoire.

Pour le Mexique, c'était beaucoup plus compliqué. Il y avait plus de deux-cents lignes d'explications, dans le dictionnaire. C'était tourmenté. Embrouillé. Il y avait quantité de hautes montagnes aux reliefs découpés, un volcan encore en activité : le Popocatepetl. Le climat était chaud. Assoupissant.

Pratique, pédagogique et simplificateur, le dictionnaire séparait le pays en trois zones : des terres torrides avec un climat terriblement chaud, malsain en bord de mer ; plus haut dans les terres, une zone chaude, mais agréable, avec une sorte de printemps perpétuel ; et dans les hauteurs, une zone froide, pratiquement dépourvue de plantes.

On y trouvait de nombreux animaux sauvages, des jaguars, des couguars, des ours mexicains, des bisons, des bœufs musqués, des apaxas… Ce dernier mot intriguait terriblement Jules et Stephen, ils n'en avaient trouvé la définition dans aucun dictionnaire. Les hommes n'y étaient pas moins étranges et mystérieux que les animaux étranges que l'on y trouvait. Le pays changeait sans cesse de gouvernements, tous les deux ou trois ans, c'était un défilé de généraux d'opérette. De plus ils étaient en guerre plus ou moins permanente avec les États-Unis, à cause de sécession du Texas.
En février 1848, tandis que les Rouennais brûlaient le pont aux Anglais, le Mexique était vaincu par les États-Unis et devait céder aux Américains du nord, la Californie et le Nouveau-Mexique.

À l'intérieur du pays, la sécurité des transports était plus que précaire. Il fallait se véhiculer dans des diligences pourvues de très mauvaises suspensions, sur des chemins excessivement inconfortables.

Pourquoi Giovanni Bottesini avait-il entrepris d'y promener sa contrebasse ? Lorsque les voyageurs commençaient à s'habituer aux cahots de la route, ils étaient attaqués par les bandits de grand chemin. Et tous n'avaient pas, comme la petite Pauline Garcia, la possibilité d'imaginer, pour se défendre qu'ils vivaient dans un opéra de Weber. Les cours d'eau étaient pour la plupart dépourvus de ponts, il fallait les traverser à la nage ou transporter son embarcation avec soi.

Les auberges étaient dépourvues de lits. Il fallait, soit dormir à même le sol, soit transporter son sommier et son matelas avec soi. Bottesini transportait-il sa contrebasse, son lit, et son matelas pneumatique ? Pourquoi était-il allé traverser ces « régions si torrides que sous l'ardeur du soleil les chevelures s'allumaient d'elles-mêmes, comme des flambeaux… »[54] En approchant du pont, c'étaient ces mots de Flaubert qui lui revenaient à l'esprit… Il se les répéta plusieurs fois. Pourquoi résonnaient-ils ainsi ? En frissonnant, il se dit qu'ils voulaient sans doute lui chuchoter quelque chose du vélo du commissaire Jeton.

Cette bicyclette était peut-être à l'instant même dans un container, sur un cargo qui lui faisait faire le tour du monde… Et celui-ci est tellement vaste. Cette histoire finissait par devenir énervante, presque autant que les haut-parleurs du quai diffusant inlassablement une musique d'ambiance qui ne ressemblait à rien d'autre

---

54 Gustave Flaubert, Saint Julien l'hospitalier

qu'à un ameublement de mauvais goût.

Fasciné, il regardait la silhouette du pont Gustave Flaubert qui le narguait. Dans le brouhaha des badauds et des bateaux, il lui semblait que les câbles qui descendaient des quatre papillons du pont étaient de gigantesques cordes de contrebasse, vibrant d'un ronflement prodigieux, subjuguant la foule de leurs pizzicati invraisemblablement graves.

Le pont lui semblait être devenu une espèce de lyre, une sorte d'extra-terrestre étrange égrenant dans les vibrations de ses longs fils d'acier « Le Don Juan somnambule, ou la chute du pont », un opéra impressionniste dont le bruissement phénoménal était celui de la foule, bruits de pas, de paroles confuses, de langues étrangères emmêlées les unes sur les autres. Le joueur de cette gigantesque lyre était-il Gustave Flaubert ou Giovanni Bottesini ? Ces deux-là se connaissaient-ils ? Avaient-ils réellement composé ensemble « Le Don Juan somnambule ou la chute du pont ? »

Combien de fois allait-il devoir se poser cette question sans pouvoir y répondre ? Combien, dans la foule qui arpentait les quais à l'ombre des grands voiliers, y avait-il de personnes qui se posaient les mêmes questions que Jules Kostelos ? Il était sans doute le seul… Il y avait pourtant parmi ces gens, tant de Bovary, de Homais, et de Dambreuse… Celui-là, avec son « air raisonnable et fort embarrassé », encombré d'une étrange casquette « une de ces coiffures d'ordre composite, où l'on retrouve les éléments du bonnet à poils, du chapska, du chapeau rond, de la casquette de loutre et du bonnet de coton. »[55] Cet

---

55 Gustave Flaubert, Madame Bovary, Michel Lévy 1857 tome 1 p. 6 et 7

autre avec sa figure qui « n'exprimait rien que la satisfaction de soi-même », son « air aussi calme dans la vie que le chardonneret suspendu au-dessus de sa tête dans une cage d'osier. »[56] Parmi eux on trouvait aussi plus d'un visage, transpirant l'opulence, qui semblait avoir préféré abandonner la noblesse pour se « tourner vers l'industrie » avoir l'oreille « dans tous les bureaux, la main dans toutes les entreprises, à l'affût des bonnes occasions, subtil comme un Grec, laborieux comme un Auvergnat… » rongé par l'ambition avec ses « rares cheveux blancs, ses membres débiles, et surtout la pâleur extraordinaire de [leurs] visages […] l'énergie impitoyable [qui] reposait dans [leurs] yeux glauques, plus froids que des yeux de verre. »[57]

Ces gens que Jules croisait dans la foule étaient peut-être ceux qui ne voyaient dans Gustave Flaubert que le nom d'un pont… Peut-être même croyaient-ils que Flaubert était le nom de son architecte. Peut-être ne savaient-ils pas qu'il était écrivain ? Pourquoi avoir ainsi baptisé ce grand équipement routier ? Le pont aurait pu ne s'appeler que « le sixième pont ». Seulement cette appellation était totalement impropre. Depuis le pont de la Duchesse Mathilde, il s'en était construit des ponts, beaucoup plus que six… Le pont de la duchesse Mathilde avait été détruit en 1204 à l'occasion du siège de Rouen par Philippe Auguste, en 1418 lors de l'invasion des Anglais. En 1502, il s'effondre à nouveau à cause d'une mystérieuse explosion. À chaque fois on le reconstruit, on le rafistole, cela fait trois ponts… En 1630, on installe un

---

56 Gustave Flaubert, Madame Bovary, Michel Levy 1857 (portrait du pharmacien Homais)
57 Gustave Flaubert, L'Éducation sentimentale, Éditions Folio Gallimard p. 36

pont flottant (quatre ponts), en 1829 on inaugure le pont Corneille (le cinquième), en 1836 mise en service du pont suspendu des frères Seguin muni d'un système de travée centrale élévatrice (sixième pont), en 1884, il est détruit, on le remplace par un pont monté sur arches en acier : le pont Boïeldieu (septième pont).

En 1899 est mis en service le pont transbordeur de l'architecte Ferdinand Arnodin (huitième pont). Le 9 juin 1940, l'armée française en déroute détruit tous les ponts. On reconstruit deux ponts métalliques provisoires (cela fait dix ponts). Ces deux ponts sont détruits à la Libération, et remplacés par des passerelles provisoires (onzième et douzième pont). Un nouveau pont Corneille est reconstruit en 1952 (treizième pont), un nouveau pont Boïeldieu en 1955 (le quatorzième), le pont Jeanne d'Arc en 1956 (le quinzième), puis c'est au tour du pont Guillaume le Conquérant en 1970 (seizième pont), en 1979 construction du pont Mathilde (dix-septième pont)....

Le dénommé sixième pont était donc le dix-huitième pont construit à Rouen (le dix-neuvième, ou même le vingtième si l'on ajoutait le pont de la ligne Rouen-Le Havre qui avait lui aussi été reconstruit plusieurs fois...). Il fallait lui donner un nom, on hésita. Certains voulaient le baptiser pont René-Robert Cavelier de la Salle, du nom d'un célèbre jésuite du XVIIe siècle, au destin américain. En contemplant ses gigantesques piliers, Jules s'interrogeait. Résonnerait-il — cet ouvrage d'art, vibrant au-dessus de la foule qui arpentait l'armada en ce jour de juillet — des mêmes harmonies poétiques, s'il portait le nom d'un jésuite Normando-Américain du XVIIe siècle ? Un rapport d'intendant du roi Louis XIV a défini les Rouennais. Ils y sont décrits comme n'ayant « pas la vivacité en partage ; mais on peut dire qu'ils ont de la prudence et du bon sens ; leurs buts sont justes et leurs desseins bien conçus. »[58] Leur choix s'était donc sagement porté sur Gustave Flaubert, un littérateur rouennais d'origine champenoise qui n'était jamais allé en Amérique, contrairement à René-Robert Cavelier de la Salle. Mais si le pont s'était appelé pont René-Robert Cavelier de la Salle, Jules Kostelos serait-il en train d'enquêter sur le vol de vélo du commissaire Jeton ?

Serait-il en train de se demander si Gustave Flaubert et Giovanni Bottesini avaient bien composé « Le Don Juan Somnambule et la chute du pont » ? Et les questions suscitant les questions, Jules se demandait même si, dans ces conditions, Rouen aurait la même physionomie et si l'on aurait songé à construire à l'ouest du pont, cette TGMO Louise Colet… Il est bien plus probable et vraisemblable, qu'en hommage à l'un des colonisateurs du Canada, on ait plutôt songé à bâtir une nouvelle patinoire pour les hockeyeurs rouennais qui faisaient de la capitale Normande, la championne mondiale du hockey sur glace.
« Parfois le rayonnement de la littérature ne tient qu'à un fil » philosophait Jules en contemplant les solides câbles qui soutenaient le tablier du pont…

Traversé par ses réflexions multiples, oubliant qu'il devait retrouver la bicyclette du commissaire, Jules Kostelos décida d'aller consulter cet ouvrage intitulé « Flaubert et la musique » d'Onésime Dubois dont Salammbô lui avait parlé le matin même.

---

[58] Cité par André Maurois, Rouen Éditions Gallimard 1929 et par Pierre Albertini, Destin Rouennais, édité chez l'auteur 2007

Il voulait en savoir plus sur cet opéra mystérieux, sur les véritables relations entre Flaubert et Bottesini ; il fallait qu'il trouve un bon ouvrage là-dessus ; il se dirigea vers la TGMO en espérant vaguement qu'Onésime Dubois serait à Bottesini et Flaubert ce que Miguel Cervantès fut à Don Quichotte et Sancho Pança…

Tout empli de cette prometteuse aspiration, il se dirigea vers le vaste hall vitré de la médiathèque Louise Colet, en passant sous le pont Gustave Flaubert. Aux pieds de ces pylônes grandioses et dérisoires, en se dirigeant vers le « royaume de Salammbô »[59] il songeait que Flaubert avait dû imaginer ces pylônes lorsqu'il travaillait à son roman Salammbô…

Il se souvenait d'une lettre que… …Salammbô… précisément lui avait lue et qui datait de l'époque où Flaubert travaillait à son roman sur Carthage[60] : « J'enrage d'être si long à écrire, d'être pris dans toutes sortes de lectures ou de ratures ! La vie est courte et l'art est long ! Et puis à quoi bon ! N'importe il faut cultiver notre jardin. La veille de sa mort, Socrate priait, dans sa prison, je ne sais quel musicien de lui enseigner un air sur sa lyre :

— À quoi bon dit l'autre puisque tu vas mourir ?

— À le savoir avant de mourir » répondit Socrate. Voilà une des choses les plus hautes en morale et j'aimerais mieux l'avoir dite que d'avoir pris Sébastopol… »[61]

---

59 Jules aimait appeler ainsi la TGMO Louise Colet dont Salammbô était en quelque sorte la reine.
60 C'est sous le nom de « Carthage » que Flaubert désigne d'abord son roman « Salammbô » sur lequel il travaille de 1857 à 1862
61 Gustave Flaubert, Correspondance, Tome 3 p. 168 Lettre écrite du Croisset à Ernest Feydeau en 1859

Sous la masse du pont, Jules songeait que parfois l'art des mots était haut, immense, écrasant même. Au milieu de la foule des touristes qui se pressaient sous le pont, il imaginait cette scène : Gustave Flaubert prenant des leçons de musique la veille de sa mort, avec Giovanni Bottesini, le Paganini de la contrebasse. « Oui, cette scène avait dû avoir lieu ! ». En longeant « La Belle Poule » qui était amarrée au pied du Pont, Jules en fut intimement persuadé. L'allusion à la victoire de Sébastopol devait en être la preuve !

Après avoir fait la manche en Corse, dans les années 1840, en compagnie de sa fiancée, chanteuse, joueuse de glass-harmonica, le Paganini de la contrebasse avait émigré en Amérique ; un continent que Gustave Flaubert n'avait jamais visité quoiqu'il ait eu —paraît-il — une ancêtre amérindienne…

Giovanni Bottesini en revanche avait commencé sa carrière de compositeur de musique sur l'île de Cuba durant l'année 1846 en composant un « Cristoforo Colombo ». Une idée audacieuse quand on connaît la morgue hautaine avec laquelle le marin génois en débarquant sur l'île avait abordé les habitants qui lui prétendaient que leur île était une île : « Et comme ce sont des hommes bestiaux et qui pensent que le monde entier est une île et qui ne savent pas ce que c'est que la terre ferme, et n'ont lettres ni mémoires anciens, et qu'ils ne trouvent de plaisir qu'à manger et à être avec les femmes, ils dirent que c'était une île.... »[62]

On peut supposer que, de ce sujet, Giovanni Bottesini avait dû tirer une opérette désopilante d'humour

---

[62] Transcription du deuxième voyage de Colomb par Bernaldez, cité par Tzvetan Todorov, La Conquête de l'Amérique, la question de l'autre points essai p. 33

puisqu'il fut si populaire qu'on le nomma directeur de l'Opéra de La Havane.

Il y resta quelques années avant de conquérir le Mexique où le Général Santa Anna lui avait commandé un hymne national mexicain, un choix qui ne doit pas étonner de la part d'un général de l'armée mexicaine. L'expression « armée d'opérette » devait certainement dater de la composition de cet hymne mexicain par Bottesini.

Alors que Gustave Flaubert n'avait encore rien publié, Giovanni Bottesini était, au Mexique, un notable en vue, apprécié du pouvoir. Dans ce pays, où les généraux valsaient au rythme d'une fort mauvaise partition, être apprécié du pouvoir n'était pas un gage de longue vie. En 1855, sentant, le vent tourner, Giovanni décida donc de s'installer à Paris. Il est nommé directeur du Théâtre des Italiens. Et le 8 septembre 1855, le jour de la prise de la forteresse de Malakoff par les Français à Sébastopol, Giovanni Bottesini était à Paris pour diriger un concert devant l'empereur Napoléon III.

Une soirée pas comme les autres et qui suscita une réaction étrange de la part de Gustave Flaubert. Une soirée mouvementée, qui eut presque l'allure d'un western. À l'entrée du théâtre l'empereur Napoléon III, accompagné de l'impératrice s'était fait tirer dessus trois coups de pistolet. L'auteur des coups de feu — un maladroit, car il avait raté sa cible à trois reprises — était un Rouennais : Edmond Bellemare, un ancien cordonnier devenu clerc d'huissier.[63] Quel rôle avait réellement joué Giovanni Bottesini dans ce meurtre d'opérette ? N'était-il pas troublant que cette tentative de meurtre (assez Sud-

---

[63] Un peu plus à l'est, ce même 8 septembre 1855 était également le jour de la prise, par l'armée française, de la forteresse de Malakoff à Sébastopol.

Américaine dans son esprit) ait eu lieu précisément le soir où l'empereur allait assister à un concert dirigé par le compositeur de l'hymne national mexicain ?
Gustave Flaubert avait écrit au sujet de cet événement une lettre assez troublante à Louis Bouilhet : « J'ai appris avec enthousiasme la prise de Sébastopol et avec indignation le nouvel attentat dont un monstre s'est rendu coupable sur la personne de l'empereur. Remercions Dieu qui nous l'a conservé pour le bonheur de la France. Ce qu'il y a de déplorable, c'est que ce misérable est de Rouen. C'est un déshonneur pour la ville. On n'osera plus dire qu'on est de Rouen. »

Cette lettre est troublante à plus d'un titre. D'où sort ce soudain amour de Flaubert pour Napoléon III ? Lui qui avait toujours éprouvé à son égard la plus parfaite indifférence ?
Au moment où il écrivait ces lignes, Gustave Flaubert est encore en train d'écrire « Madame Bovary » un roman inspiré du mariage malheureux d'un officier de santé nommé… Delamare…
Bellemare, Delamare… Le voisinage marécageux de ces patronymes était troublant. En 1855, « Madame Bovary » n'était pas encore terminé, mais la « Mare au Diable » de George Sand, oui ; depuis sept ans. Flaubert avait-il peur que l'on confonde son Delamare avec Bellemare ? Que son roman prenne une couleur d'eau sale hostile à l'ordre établi ? D'où vient ce subit attachement à l'empereur, dans cette lettre à Bouilhet ? Gustave Flaubert avait jusqu'alors toujours professé la plus parfaite indifférence à l'empire et au pouvoir. Il écrivait à Louise Colet en 1852 :

« Ne t'occupe rien que de toi, laissons l'Empire marcher, fermons notre porte, montons au plus haut de notre tour d'ivoire, sur la derrière marche, le plus près du ciel. Il y fait froid quelquefois, n'est-ce pas ? Mais qu'importe ! On voit les étoiles briller plus claires, on n'entend pas les dindons »[64]

« J'ai eu un grand enseignement donné par ma cuisinière ; cette fille qui a vingt-cinq ans ne savait pas que Louis-Philippe n'était plus roi de France, et qu'il y avait eu une république, etc., etc. tout cela ne l'intéresse pas (textuel), et je me regarde comme un homme intelligent ! Mais je ne suis qu'un triple imbécile, c'est comme cette femme qu'il faut être ! »[65]

Pourquoi ce soudain revirement de Gustave juste après l'attentat du 8 septembre 1855 ? Quel rapport pouvait-on établir avec la présence de Giovanni Bottesini ? Pourquoi en 1855 se réjouit-il de la prise de Sébastopol alors qu'il assure la mépriser et la regretter en 1859 ? Devait-on expliquer ces revirements d'opinion uniquement à cause de la crainte que Flaubert éprouvait à l'égard des jugements de la foule ?

Il craignait la bêtise des foules au point de chercher sans cesse à l'éviter. Dans une lettre de février 1852, il raconte à Louise Colet un concert du violoniste Alard au théâtre des arts : « À propos de bal, j'ai fait une débauche mercredi dernier, j'ai été à Rouen au concert entendre Alard le violoniste, et j'en ai vu des balles[66] ! C'était la haute société ; et quelles têtes que celles de mes compatriotes ! J'ai retrouvé là des visages oubliés depuis douze ans, et que je voyais quand j'allais au spectacle en rhétorique. J'ai reconnu du monde que je n'ai pas salué, lequel a fait de même : c'était très fort de part et d'autre.

---

64 Gustave Flaubert, Correspondance Tome 2 pp.149 — 150
65 Gustave Flaubert, Correspondance tome 2 p. 216
66 Balles est à prendre ici au sens de figures.

Le plaisir d'entendre de fort belle musique, très bien jouée a été compensé par la vue des gens qui la partageaient avec moi. »[67]

La subite admiration de Gustave Flaubert pour Napoléon III, en septembre 1855, cette crainte d'être mêlé à cet attentat manqué, la présence de Giovanni Bottesini ce jour-là, la concomitance de ces faits s'expliquait certainement par bien d'autres raisons que la crainte (ou le mépris) que professait Flaubert pour la foule des dindons… C'est troublé par ces questions embrouillées que Jules quittait le brouhaha de la foule pour entrer dans le grand hall silencieux de la TGMO. Il aimait ce lieu vertueux qui lui rendait Salammbô accessible. Ici se cultivaient des sentiments purs qui ne s'embarrassaient pas des difficultés de l'existence, en entrant dans ce lieu, Jules se sentait éclairé par les yeux de Salammbô « plus limpides et plus beaux que les lacs des montagnes où le soleil se mire. »[68]

D'un pas décidé de montagnard, il entama l'ascension par l'escalier ; parvenu au sommet, il entra dans la salle de lecture. C'était un vaste espace éclairé par d'immenses baies vitrées qui dominaient la foule des touristes sur les quais, les tentes des forains, les voiliers où s'agitaient des drapeaux multicolores. Au fond, un bureau occupait toute la largeur : le guichet de communication des ouvrages. Trois bibliothécaires à mines de suspects s'y tenaient au garde-à-vous. Ils regardèrent entrer Jules avec cette mine de désapprobation, vaguement hostile qu'ils croyaient devoir arborer pour montrer qu'ils savaient qu'il était « l'ami de la patronne ». Le premier était un

---

67 Gustave Flaubert, Correspondance tome 2 p. 77
68 Gustave Flaubert, Madame Bovary Deuxième partie chapitre V

gros balaise avec un petit front ; le deuxième un grand bossu avec des dents en moins ; le troisième avait une figure d'intellectuel pensant de travers. Le premier s'appelait Fulbert Astaguve, le deuxième Berualf Vetusga, le troisième Georges Astulf. Ce dernier — qui était chef magasinier — paraissait être le chef de la bande. Devait-on soupçonner l'un d'eux d'y être pour quelque chose dans le vol du vélo du commissaire Jeton ? Les regards de mauvaise conscience coupable qu'ils lançaient vers Jules Kostelos ne plaidaient pas en leur faveur. Ils avaient des allures louches ; des mines qui semblaient de plus en plus louches au fur et à mesure qu'on s'approchait d'eux ; des rictus de vélophages ; des mâchoires de briseurs de vélos.

En ne les perdant pas de vue, Jules se dirigea vers un des écrans d'ordinateur où l'on pouvait consulter le fichier de la TGMO. Il tapa : « Onésime Dubois, Gustave Flaubert et la Musique », une fiche apparut : « DUBOIS Onésime, Gustave Flaubert et la Musique », thèse dactylographiée, Rouen, 1961, associée à une suite de lettres de de chiffres : KLP1XC94. Jules recopia les références de l'ouvrage, sans omettre de noter scrupuleusement la suite de lettres et de chiffres incompréhensibles. Il savait que cette formule était celle qui comptait le plus aux yeux du personnel de la bibliothèque. S'assurant qu'il n'avait rien oublié, il se dirigea vers le comptoir où les trois bibliothécaires l'attendaient avec des sourires artificiels et crispés. Il adressa directement la parole au chef magasinier qu'il savait être le plus expérimenté, en lui demandant de lui faire parvenir l'ouvrage dont il venait de noter les références. Il lui tendit le morceau de papier où il avait pris ses notes. Le bibliothécaire lui répondit d'un air fermé qu'il ne pouvait rien faire sur requête orale, qu'il fallait remplir ce formulaire en deux exemplaires (il lui désigna une fiche cartonnée à deux volets détachables munis de cases calibrées de telle façon qu'elles puissent être lues par un ordinateur, tout en étant presque impossibles à remplir avec un stylo d'épaisseur normale.

— Mais je ne vous fais pas une requête orale, puisque je viens de vous tendre un papier.

— F o r m u l a i r e ! r é p o n d i t - i l s u r u n t o n administratif tout en arborant le sourire carnassier d'un policier qui aurait réussi à surprendre un chauffard en excès de vitesse.

Souhaitant gagner du temps, Jules perdit quelques minutes à remplir la double fiche cartonnée, et la donna au chef magasinier. Il la saisit nonchalamment et déposa un volet dans une sorte de petit panier en plastique situé derrière lui et garda l'autre, sans la regarder, en s'accoudant au comptoir, tout en contemplant la salle avec un regard vide que Jules tenta en vain de déchiffrer. Alors Jules Kostelos se hasarda à poser quelques questions habiles sur Flaubert, la musique et Onésime Dubois.

— Peuh ! Gustave Flaubert, Onésime Dubois.... répondit-il avec l'air du professionnel blasé qui voulait montrer qu'il avait classé ces deux auteurs dans une catégorie bien précise dont il était exclu qu'ils puissent sortir. Jules leva un sourcil interrogatif suffisamment visible pour que ledit Georges Astulf se décide à en dire un peu plus. Pour lui, la littérature commençait avec Shakespeare et s'achevait avec son ancêtre Rémy-Georges Astulf, un brillant auteur du XVIIIe siècle, le plus grand littérateur de tous les temps auquel Flaubert (Gustave Flaubert) avait tout emprunté. Georges Astulf était en mesure de le prouver : Gustave Flaubert n'était qu'un plagiaire ! Il s'était livré à un relevé scrupuleux, pointé, précis, dans l'œuvre de Gustave Flaubert, de toutes les phrases que cet informe gredin avait pillées dans l'œuvre du grand R.-G Astulf. C'était la preuve par G + U +S +T +A + V + E + F + L + A + U + B + E + R + T que la littérature n'était qu'un marché de dupes où le droit de lire autorisait effrontément les petits lecteurs à cambrioler les Grands Auteurs. Et, Gustave Flaubert était un petit lecteur, car il admirait Miguel Cervantès qui était aussi un petit lecteur, car il s'était contenté de recopier de très mauvais auteurs pour écrire son Don Quichotte, un livre que les gens raisonnables ne doivent pas gaspiller leur temps à ouvrir…

— Madame Bovary c'est du petit Don Quichotte entièrement farci de R.-G. Astulf ! Et l'Éducation sentimentale ! Bouvard et Pécuchet ! La Tentation de Saint Antoine ! Tout est pillé chez R.-G. Astulf ! Le Candidat ! Les trois contes ! Même la correspondance ! Moi je vais vous dire, et il hurlait de plus en plus fort ! Il n'y a que les œuvres de Louis Bouilhet qui soient du Flaubert, c'est dire ! En souriant intérieurement, Jules nota que Georges Astulf n'avait pas osé citer Salammbô… Alors pour essayer de le piéger il hasarda un

— « Vous vous intéressez au cyclisme ? »

— Non ! Je hais le vélo ! c'est un cheval pour les Don Quichotte, une invention pour les Bovary, les Bouvard et Pécuchet !!! Les Salammb…

Le bibliothécaire s'interrompit tout en rougissant, en prenant soudain conscience qu'il en disait peut-être trop… Et il daigna accorder son attention à la fiche cartonnée qu'il avait dans la main. Il baissa deux fois les yeux pour la lire. À la première lecture il avait sursauté, à la seconde, il reprit sa respiration, releva la tête, et, les joues écarlates énonça du ton mécanique et péremptoire d'un sous-officier n'admettant pas la réplique :

— Onésime Dubois, Flaubert et la Musique ! Indisponible ! Pas consultable !

— Ah ??? répondit Jules en haussant les deux sourcils.

— Oui, indisponible, pas autorisé à la consultation. Même pour vous. Ouvrage inaccessible.

— Mais Salammbô est au courant ?

— Pas sûr. On ne fait remonter en haut lieu que les informations importantes. Elle n'a pas que ça à faire la patronne. Et n'essayez pas de la déranger tout de suite, elle est occupée. Le bibliothécaire avait prononcé les derniers mots avec une telle grimace, que Jules ne put s'empêcher de frissonner... Il se prit soudain à craindre qu'elle soit emprisonnée quelque part dans une cave humide aux prises avec « des géants dont les yeux aussi grands que des meules de moulin lançaient plus de flammes qu'un four verrier »,[69] mais il se ressaisit en se souvenant que tout ce qui était raconté dans les livres n'arrivait pas forcément dans la réalité. La preuve : Salammbô » de Flaubert était un roman totalement fantaisiste. En songeant à ce roman précis, lui revint alors à l'esprit que Georges Astulf avait oublié de citer Salammbô parmi les œuvres où Flaubert aurait recopié ce fameux R. — G. Astulf. Alors Jules se demanda soudain si Georges Astulf n'était pas en train de se moquer de lui. Alors il demanda :

---

69 Miguel de Cervantès, Don Quichotte, Éditions du Seuil 1997 (tome 2 page 44) Traduction française d'Aline Schulman d'après l'édition espagnole de 1615

— Et les œuvres de R.-G. Astulf, elles sont indisponibles aussi ?

— Ça dépend lesquelles, répondit le chef magasinier en traînant sur ses syllabes comme s'il les comptait.

Chapitre VII

Jules se décida donc à aller consulter le fichier. Auparavant il voulait en savoir plus sur cet inconnu, et s'assurer qu'il n'était pas une pure invention, une escroquerie de bibliothécaire.

Il arpenta la salle à la recherche de la Biographie générale éditée par le Docteur Hoefer.

Sur la page AST, il tomba sur : « Astulf, Rémy-Georges (né en 1630 en Vlaçkessadoni, mort à Rouen le 12 décembre 1721).

Son Excellence Sérénissime Rémy-Georges Astulf naquit à Lintayrneth en Vlassakeçadoni. La famille Astulf s'installa en France en 1651. Rémy-Georges y entama des études de droit. Il se fit recevoir avocat à Rouen en 1661. Toutefois la plus grande occupation de sa vie fut l'étude de la langue française qu'il écrivait fort mal. Il eut toujours des difficultés à maitriser une langue qui n'était pas sa langue maternelle (jusqu'à l'âge de vingt ans il parlait le Vlasskeçadonhdonkh). Il a composé un dictionnaire de Français en quatre volumes in-folio ainsi qu'un dictionnaire de rimes dont de nombreux poètes ont longtemps fait grand usage.
Ses ouvrages qui avaient été édités en un nombre d'exemplaires fort réduit ont tous été brûlés en 1692, Rémy-Georges Astulf ayant osé écrire une satire sur Guillaume-Gabriel Nivers, le Maitre de Chapelle de Saint-Cyr l'institution pour jeunes filles fondée par Madame de Maintenon, l'épouse secrète de Louis XIV.

Quelques érudits signalaient que malgré cette destruction, il subsistait encore quelques exemplaires d'un

"Conte édifiant intitulé « Gustave le faubert et l'Eve Hélot ». La notice ajoutait que S.E.S. Rémy-Georges Astulf était mort le 12 décembre 1721 avant d'avoir pu achever un projet d'encyclopédie de "gastronomie encrière" intitulée : "Le buvard et le pichet" dont il ne reste rien."

    Jules Kostelos constatait l'absence de référence à Flaubert dans cette notice mais il avait l'intuition que la lecture de ce « conte édifiant » intéresserait son enquête. Il se dirigea vers un des ordinateurs de la médiathèque. Il fut d'abord déçu. Cherchant une fiche sur Rémy-Georges Astulf, il en trouva plusieurs sur Georges Astulf (le chef magasinier). Celui-ci avait écrit un nombre conséquent de romans : « L'Ode miam pile d'vélo », Paris 1975, « Le vélo démoli » Paris 1976, « les Os séchés » 1977, « La Foudre guide le p'tit vélo qu'on a donc amoché » 1986, « D'un Môme Thor qui… » 1986, « Laid Toini » Paris 1996, « Le Rêve sent » (N.S.E.) 1978, « Ô Muse je viens » 1987. Ces titres trahissaient une très nette hostilité envers la bicyclette. Georges Astulf était donc suspect[70]. Il faudrait que je consulte ces ouvrages soupira Jules sans enthousiasme… Enfin il découvrit que la bibliothèque possédait également un exemplaire du fameux « Gustave le faubert et l'Eve Hélot ». Jules remplit sa fiche et la présenta à Georges Astulf. En cinq minutes il avait trouvé l'ouvrage. Il le tendit en grimaçant au détective. C'était un lourd volume, habillé d'une solide reliure qui semblait avoir été rarement lu.

    — Vous allez voir à quel point j'ai raison. C'est un

---

70 Georges Astulf est d'autant plus suspect qu'en y regardant d'un peu près on constatera que l'ensemble des ouvrages cités ont tous des liens anagrammatiques avec les titres écrits par Georges Perec.

auteur de talent et Flaubert lui a tout pris... Vous allez être surpris.

Appuyant sur ces derniers mots, il roulait des yeux d'ogre. Et en reprenant son souffle, il ajouta :

— J'ai moi-même souligné tous les passages chapardés par votre « bâtisseur de pont. »

— Mais Flaubert n'est pas constructeur de pont, voyons !

— Peu importe. Flaubert c'est du pillage caractérisé, un patchwork de perroquet...

Décontenancé par ce bibliothécaire, Jules s'empara du livre et s'installa pour lire. La gravure ornant la page de garde représentait un marin sur le pont d'un navire.

Il maniait un gros balai de cordes, constitué de fils de caret. Cet ustensile était ce qu'on appelle un « faubert ». Le marin l'utilisait pour nettoyer le pont. Il était habillé de la façon dont on représentait, au XVIIe siècle, les marins de l'époque de Christophe Colomb. Il ne portait pas de couvre-chef. Sa tête était très ronde, ses cheveux très courts. Sur le dessus de la tête, il avait cependant une petite mèche rebelle, un peu longue, qui se redressait à la façon d'une houppette. Cela donnait au visage du marin une forme qui évoquait vaguement celle d'une amphore gallo-romaine. Le navire était selon toute apparence, depuis peu de temps, en haute mer. Derrière le bastingage, une balustrade lourdement ouvragée — avec des sculptures représentant des sirènes au corps hollywoodien et des tritons d'allure asiatique — on apercevait les flots agités. Non loin de l'horizon se détachait une côte ornée de palmiers. Une baleine représentée sous une forme naïve faisait un jet d'eau, placé symétriquement au palmier pour équilibrer l'image. Le ciel était d'un classicisme parfait. Trois mouettes planaient au centre. Un gros soleil se levait à droite, trois petits nuages dansaient à gauche.

Le marin s'activait sur le pont, à égale distance du soleil et des mouettes. À sa gauche, en un point symétrique, placé à égale distance des mouettes et des nuages, le graveur avait dessiné un massif coffre en bois, orné de lourdes ferrures, ouvert sur un tas de pièces d'or.

Au-dessus de la gravure, en caractères Didot, on lisait le titre de l'ouvrage :
Gustave le faubert et l'Eve Hélot
ou
Le Mystère du pont de pierre
par
S.E.S. R-G. Astulf
Et en dessous en caractères plus petits :
M DCC IX
Paris, Quai des Augustins — Didot Libraire Éditeur

Jules tournait les pages avec attention, elles étaient épaisses. Il en émanait une agréable odeur de feu de bois. Il s'y plongea :

"Rouen, deuxième ville du royaume de France voit aujourd'hui s'élever au milieu de la Seine, les ruines d'un vieux pont de pierre qui n'est toujours pas reconstruit en l'an de grâce 1709. Les personnes autorisées par la Sorbonne à imprimer la vérité, se sont toujours partagés sur les raisons de cette destruction. L'état de disgrâce dans lequel nous a placé une cabale infâme nous a permis de trouver de longs instants de retraite qui nous ont conduit à découvrir les raisons véritables de ces malheureux événements. Seuls, les esprits critiques qui font profession de tout contester pourraient mettre en doute la véracité de ce récit. À ceux qui voudraient les contester, nous disons : « Taisez-vous et lisez »[71].

Sous le règne du bon roi Louis XII (1498-1515) la ville de Rouen brillait des premiers feux de sa gloire naissante. Depuis le 20 mars 1499, le Parlement de Normandie était érigé en cour souveraine dite de l'échiquier. Auparavant, il était un parlement ambulatoire, transporté en lourds chariots attelés à gros bœufs, peu pratiques tant pour l'administration de la justice que pour toutes les autres affaires. On l'assemblait tantôt à Rouen, tantôt à Caen, tantôt à Falaise. Il fut donc décidé la construction à Rouen d'un nouveau palais. Orné de sculptures finement ciselées, sa splendeur incita rapidement les Conseillers de la Cour Souveraine à s'y installer. La cité de Rouen était alors au sommet de sa gloire. Le célèbre navigateur Normand : Christophe Colomb venait de découvrir que la route des Indes et de la Chine, par l'ouest, ouvrait au port de Rouen les portes dorées des prospérités éternelles. Des auteurs emplis de vanités et faussetés ont diffusé des brochures ineptes prétendant que Christophe Colomb aurait découvert cette route de l'ouest au nom du roi d'Espagne. C'est faux.

La présence de nombreux « colombiers » dans les campagnes normandes est une preuve absolue de l'origine normande de Christophe Colomb. Il est inutile d'en ajouter d'autres. Nous le ferons cependant, par goût de l'argumentation.

---

71 À cette injonction, le lecteur saura faire la différence entre le style de Flaubert qui lisait ses textes à voix haute, et Rémy-Georges Astulf qui refuse qu'on lise les siens, autrement qu'en silence…

La deuxième preuve réside dans le fait que la voie vers la route de l'ouest en direction du continent asiatique avait été ouverte à Christophe Colomb par un autre normand : Jean de Bethencourt qui le premier avait découvert les îles Canaries première étape vers l'orient le plus extrême. Le premier découvreur étant normand il fallait que suivant soit encore plus normand afin d'aller encore plus à l'ouest. Cet argument est tellement logique qu'il n'est pas nécessaire d'en souligner a transparence.

La troisième preuve tient toute entière dans le récit qui va suivre.

La ville de Rouen s'enorgueillissait d'un magnifique pont de pierre à treize arches, construit sur ordre de la Duchesse Mathilde, achevé en 1167. À cette époque vivait à Rouen, un gentilhomme à qui la fortune souriait. Il s'appelait Jean de Beauthézin. Conseiller au Parlement de Normandie, grand propriétaire de forêts, de fermes, il était aussi musicien talentueux et poète ; il jouissait d'une belle réputation. Tout lui réussissait, sauf son fils Gustave. Ce dernier était l'idiot de la famille sur lequel le précepteur des enfants Beauthézin — un certain Jean-Philibert Sartre — s'était arraché les cheveux, cassé les dents, exorbité les yeux[72]... Gustave s'était révélé incapable de réciter trois lignes de Camus[73], quatre lignes de Coquillard[74], trois lignes de Duchâtel[75] deux lignes de

---

72 Jean-Philibert Sartre est l'auteur d'un monumental ouvrage de trois mille pages consacré à la jeunesse de Gustave de Beauthézin et intitulé « L'Idiot de la famille »
73 Philippe Camus auteur de l'Histoire d'Olivier de Castille et d'Artus d'Algarbe (entre 1430 et 1460)
74 Guillaume Coquillard (1450-1510) Chanoine de Notre-Dame de Reims, auteur de poésies au ton souvent grivois
75 Pierre Duchâtel (1480-1552) Etudia à Dijon le latin et le Grec.

Villon[76], une ligne de Jean-Philibert Sartre… Le jeune de Beauthézin semblait totalement inapte aux belles lettres. Une fois que tous les cheveux du précepteur eurent blanchi, Jean de Beauthézin décida d'envoyer son fils comme mousse sur la Santa Clara une caravelle, portant trois-mâts dont le plus haut mesurait 88 pieds.[77]

    C'était un navire sur lequel embarquait une petite trentaine d'hommes d'équipage dirigés par le fameux Amiral Colomb, le découvreur de la route de l'ouest vers Cipangu et Catay. Ce vaisseau s'apprêtait à faire voile pour une nouvelle expédition. En grimpant à bord, Gustave fut impressionné par sa splendeur. Il n'avait pénétré qu'une seule fois, le jour de son embauche, dans la cabine de l'amiral Colomb. Il fut durablement marqué par la largeur de la pièce, par son *plafond divisé en compartiments octogones, rehaussés d'or et d'argent, plus ciselé qu'un bijou*. Il était resté bouche bée, le bras ballant devant l'amiral qui lui donnait déjà des ordres. D'un ton sévère et glacé, il lui intima l'ordre d'occuper la fonction qui serait dorénavant la sienne. Il devait être là où il devait être, faire ce qu'il devait faire. Et comme le malheureux

---

    Voyagea en Égypte, Palestine, Syrie, Grèce. À son retour il fut présenté par le Cardinal du Bellay à François 1er qui en vit son lecteur ordinaire, puis son Grand Aumônier.

76 François Villon (1461-1484) Poète, pauvre, oisif, ses œuvres ont été publiées en 1489 et ne furent pas rééditées avant 1742. On doit donc souligner ici la grande érudition de Rémy-Georges Astulf.

77 Cette description de la Santa Clara ressemble à celle que Jacques Heers le biographe Christophe Colomb (Hachette 1991) fait de la Santa Maria pp.179 — 180. La Santa Clara était le véritable nom de la Nina (Samuel Eliot Morrison, Christophe Colomb, Amiral de la mer, Club des éditeurs 1958 p.71 Le fait que Christophe Colomb puisse être Normand n'est en revanche allégué que par Rémy-Georges Astulf…

semblait ne pas comprendre, Christophe Colomb ouvrit toutes grandes les vannes de sa colère. C'était un cliquetis d'éclairs jupitériens, une avalanche de noms de monstres antédiluviens. Christophe Colomb fourra un faubert entre les mains de Gustave et lui expliqua que son travail était dorénavant de fauberter : frotter le pont du navire du matin au soir pour qu'il reste propre. Il fallait que le monde entier, et tout particulièrement les sujets du Grand Khan du pays de Catay, sache que la Marine du roi de France était la plus civilisée du monde. D'un coup de botte, il l'envoya sur le pont, muni du faubert dont il lui demandait de ne plus jamais se dessaisir.

  Précisons qu'un faubert (ou vadrouille) est une sorte de balai fait de restes de vieux cordages de chanvre (des fils de caret), avec lequel on « fauberte » (ou nettoie) le pont des bateaux.[78] De Rouen à l'Empire de Catay[79], tout le jour Gustave faubertait ; toute la nuit il ronflait, vadrouillant dans des rêves de faubertage… Durant le retour les choses se passèrent différemment. Le vaisseau amiral avait fait escale dans l'île de Matinino ("L'île des femmes, aujourd'hui La Martinique). Christophe Colomb avait embarqué, outre une provision de sucre, épices, rhubarbe en abondance, une passagère au charme piquant. Qui était-elle ? Sa manière exquise de se vêtir était toujours suivie de tout le monde. Toutes les dames voulaient imiter l'élégance de cette demoiselle Eve Hélot, car tel était son nom. Qui était-elle ? Que faisait-elle sur

---

78 Définition presque similaire dans l'Encyclopédie Diderot et D'Alembert
79 C'est le nom que Christophe Colomb donnait à l'île de Cuba dont il pensait que c'était l'extrême point est du continent asiatique, appliquant en cela scrupuleusement les notions géographiques qu'il avait puisées dans les récits de voyages de Marco Polo

l'île de Matinnino, elle était tellement belle que personne n'osait le demander.

La Santa Clara n'était peuplée que de mâles habillés beaucoup moins élégamment que l'était Eve. Elle apparut comme une déesse aux yeux de Gustave. Elle l'aimantait. Elle portait *une robe de velours ponceau[80] avec une ceinture d'orfèvrerie, et sa large manche doublée d'hermine laissait voir un bras nu. Elle était appuyée à la balustrade de l'escalier qui menait à la cabine du capitaine. À sa gauche, une colonnade allait jusqu'en haut de la porte rejoindre son architecture décrivant un arc. On apercevait à ses pieds, des orangers en pots, presque noirs, qui se découpaient sur le ciel bleu rayé de nuages blancs. Sur le balustre recouvert d'un tapis, il y avait un plat d'argent, un bouquet de fleurs, un chapelet d'ambre, un poignard, et un coffret de vieil ivoire un peu jaune dégorgeant des sequins d'or ; quelques-uns, tombés sur le pont formaient une suite d'éclaboussures brillantes qui conduisait l'œil vers la pointe de son pied.* Le point précis que fixait Gustave.

En s'approchant du tas de sequins, avec son nœud de caret, il se mit à bafouiller :

— Bonjour, Gustave, le faubert du pont, c'est moi...

Il ne parvenait pas à détacher son regard d'Eve. Celle-ci lui un œil effaré, empoigna son poignard, son plat d'argent, son bouquet de fleurs, son coffret de vieil ivoire, ses pièces d'or et ses orangers en pot, et d'un seul bond se réfugia dans la cabine. La promptitude, la précision de ses gestes trahissaient qu'elle était aussi vive de corps que d'esprit.

Penaud, Gustave ramassa le chapelet d'ambre qu'elle avait oublié. La nuit suivante, il fut saisi d'insomnie ; il la passa à contempler le chapelet d'ambre

---

80 Ponceau : couleur coquelicot, rouge vif

comme s'il se fut agi d'une promesse. Et les nuits qui succédaient cela recommença. Il ne songeait plus qu'à la belle inconnue. Comment pourrait-il l'aborder ?

Il furetait du regard, se tordait la tête, tendait l'oreille, les jarrets, espérant, dans chaque recoin du vaisseau — qui n'était pas immense — apercevoir à nouveau sa silhouette.

Dès qu'il la voyait, il bondissait, bafouillait.

— Je vous aime Ah ! Beau varie jamais ! Gustave le faubert du pont, c'est moi ![81] Je suis Gustave de Beauthézin qui jamais ne varie !

Eve prenait peur face à ce matelot aux réactions bizarres. Dès qu'elle l'apercevait, d'un agile bond de féline, elle allait se réfugier dans la cabine de l'amiral qui était devenue la sienne.

Cette cabine était, il est vrai, le seul hébergement digne d'une hôte de marque telle que la belle Eve Hélot. Elle était si belle, elle ressemblait bien peu à la servante qui avait élevé Gustave, *une cuisinière à l'ancienne, portant en toutes circonstances un mouchoir d'Indienne fixé dans le dos par une épingle, un bonnet lui cachant les cheveux, des bas gris, un jupon rouge, et par-dessus sa camisole un tablier à bavette.* Face à sa beauté Gustave était ébloui ; mais pour elle, il n'était qu'un faubert faubertant.

Durant tout le voyage du retour, Gustave ne parvint donc pas à approcher cette troublante élégante. Il faubertait sans cesse. Il se couchait en proie à de nouvelles

---

81 La revue de Paris du 1er août 1856 avait annoncé la sortie de Madame Bovary en l'attribuant à Gustave Faubert. Flaubert s'en plaignit : « Madame Bovary par Gustave Faubert. C'est le nom d'un épicier de la rue Richelieu en face le Théâtre-Français. » Lettre du 19 Juillet 1856 in Correspondance de Gustave Flaubert Tome 3

insomnies, ne lâchant jamais son chapelet d'ambre, désespérant de son ignorance en toute chose qui ne pouvait que le faire paraître fort négligeable aux yeux d'une aussi belle dame.

— « Je vous aime ! ah ! Beau varie jamais ! » répétait-il à chaque fois qu'il l'apercevait de loin. Sans l'entendre, Eve lui lançait un regard où l'on sentait qu'elle lui trouvait un air rustre.

De retour à Rouen, Gustave, transformé, courut chez son père, Jean de Beauthézin. Il lui expliqua qu'il voulait absolument reprendre des études. Il ne voulait plus jamais être le faubert du pont. Étonné de la demande de son fils, Monsieur de Beauthézin fit appel au célèbre professeur Vetusga. Sous la direction de son nouveau précepteur, Gustave rattrapa le temps perdu.

Il s'habitua à faire un choix parmi la multitude d'ouvrages qui ont été imprimés » à « donner la préférence aux bons auteurs », à « lire de suite ceux qui traitent des sujets dont on veut s'instruire, à réfléchir longuement à ce qu'on lit, à se rendre compte de sa lecture. »

Il apprit le grec ; il lut Thalès, Solon, Pittacus, Périandre, Chion, Cléobule, Epiménide, Anacharsis, Pythagore, Héraclite, Démocrite, Empédocle, Socrate, Platon, Antisthène, Artistippe, Aristote, Xénocrate, Diogène, Pyrrhon, Épicure.

Il apprit à manier le langage de la passion, et des sentiments, à l'assujettir aux règles de la mesure et de la rime. »

Les premières lettres d'amour qu'il envoyait à la belle Eve Hélot furent des poèmes bizarres et bancals :
« Ô, belle Eve, j'aimerais vous offrir un verre
Acceptez s'il vous plaît, je vous offre ces vers

Je donnerais les lé... gendes de Gavarni
Pour les coupes du pré... sident de Montesqui
Eu... on y savoureuh... rais au vin pétillant,
Ces coupes sont si bell... es vos yeux si brillants.
Ô, chère Eve, on fera... ...le tour de l'univers
En sirotant sur le... ...dos de mon dromadaire
Ô, belle Eve, suivez... ... moi jusque dans les Indes
En dépit du fait que... ...mon justaucorps me guinde... »

Peu à peu il se perfectionna. Il devint inégalable dans l'art de « méditer d'abord le sujet qu'il voulait traiter en se pénétrant du sentiment qu'il voulait inspirer aux autres ». Les lettres qu'il envoyait à Eve étaient de mieux en mieux rédigées. Il arrivait même qu'elle lui réponde. Il écrivait : *Tout me fait mal et me déchire ; tes deux dernières lettres m'ont fait battre le cœur à tout rompre. Elles me remuent tant quand dépliant leurs plis, le parfum du papier me monte aux narines et que la senteur de tes phrases caressantes me pénètre au cœur. Ménage-moi ; tu me donnes le vertige avec ton amour !*

Eve répondait :

— *Il faut bien nous persuader pourtant que nous ne pouvons vivre ensemble. Il faut se résigner à une existence plus plate et plus pâle.*

L'amour de Gustave grandissait au fur et à mesure des refus de cette mystérieuse Eve. Qui était-elle ? Il est temps de le dévoiler. Originaire de Rouen, elle s'était retrouvée par hasard en 1493 sur la Pinta du Capitaine Pinzon qui l'avait abandonnée par inadvertance sur l'île de Matinnino. Restée seule au milieu des indiens elle s'était acclimatée avec talent, apprenant leur langue. Elle avait devenue l'une des leurs. Mais quand elle avait vu arriver la Santa Clara, elle avait décidé de revoir sa Normandie. Christophe Colomb l'avait embarquée en la prenant pour une princesse Indienne.

Mais elle s'était embarquée pour revenir chez ses grands-parents. Cela tombait bien. Ces derniers avaient conçu pour elle de beaux projets d'avenir.

Ils avaient décidé de la marier à un dénommé Charles de Bonhomme. Ce bonhomme descendait d'un riche bourgeois récemment anobli qui venait d'acheter un office au Parlement de Normandie. La famille de Bonhomme habitait *un domaine à Chavignolles entre Caen et Falaise ; une ferme de trente-huit hectares, avec une manière de château et un jardin.*

En dépit des progrès faits par Gustave de Beauthézin grâce à ses études, la jeune fille refusait de déplaire à sa famille en le recevant. Gustave ne supportait plus les refus de la belle Eve Hélot. Il décida donc de se rendre à leur hôtel pour la supplier de l'épouser.

Mais le jour où Gustave prenait cette décision, Charles de Bonhomme prenait lui aussi celle d'organiser le rapt de sa promise. Charles arriva en carrosse mené par cinq chevaux pur-sang, rue de la Pie chez les grands-parents Hélot, quelques minutes avant le cheval de Gustave. Quand Gustave arriva devant le porche de l'hôtel Hélot, il aperçut le carrosse qui filait. À sa fenêtre, un bras nu, sortant d'une large manche de velours ponceau doublé d'hermine, s'agitait...

Éperonnant son cheval, Gustave prit aussitôt le carrosse en chasse. Les rues étaient encombrées ; les cinq chevaux de Bonhomme entraînés et rapides. Gustave eut juste le temps d'apercevoir l'équipage qui franchissait le pont de pierre...

À l'instant où Gustave pénétrait sous la porte de la Barbacane pour franchir la Seine à son tour, le pont-levis se levait pour laisser passer La Petite Poule, une grosse barque à voiles qui manœuvrait avec difficulté...

Le carrosse en avait profité pour prendre de l'avance. La poursuite était inégale. Le cheval de Gustave était un vieux percheron âgé de vingt ans, débonnaire, peu rapide mais rempli d'expérience. Peu après le domaine appelé « Maison Brûlée », les valets de Charles de Bonhomme s'aperçurent que leur convoi était suivi par un homme monté sur un lourd percheron. Ils sortirent leurs mousquets et tirèrent. Le vieux cheval de Gustave, avisé, garda une prudente distance entre lui et ces gens qui semblaient en vouloir à son maitre.

Ce dernier ne réussit pas à approcher les ravisseurs avant que le convoi n'atteigne le village de Livarot. À l'orée du village serpentait une rivière : La Vie dont les eaux limpides couraient en chantant dans la prairie. L'équipage de Charles de Bonhomme s'était donc arrêté pour faire boire les chevaux. Gustave mit à profit cette halte pour inventer un habile stratagème.

Il se rendit dans le village, dans une quincaillerie où il acheta tout le nécessaire pour se faire passer pour un inoffensif géologue en mission d'exploration.

Il ressortit donc de la boutique muni *d'un bon havresac de soldat, d'une chaîne d'arpenteur, d'une lime et de pinces. Il avait également acheté une boussole, trois marteaux, passés dans sa ceinture* dissimulée sous un manteau d'allure tellement originale qu'il ne pouvait guère éveiller les soupçons. I*l s'était enfin muni d'un bâton de pèlerin, haut de six pieds, à longue pointe de fer.* Ainsi accoutré, il alla se présenter aux ravisseurs et les aborda en hurlant :

— LA BOURSE OU LA VIE !

En considérant son costume, les ravisseurs éclatèrent de rire. Ils croyaient en face d'un comique, faiseur de calembours (« Laboure sous la Vie », le jeu d'esprit leur parut hilarant). Gustave profita de cet effet de surprise pour lancer ses trois marteaux à la tête des valets, tout en assommant Charles de Bonhomme avec son bâton de pèlerin. La belle Eve Hélot, terrassée par ces tribulations agitées s'évanouit, Gustave chargea son corps inerte sur ses épaules, la plaça en travers sur le dos du percheron et se mit en selle. Le vieux cheval, sous sa double charge avançait pesamment.

Bercé par la lenteur du percheron en qui il avait confiance, Gustave finit par s'endormir à son tour. Ce n'était pas à un cheval comme lui qu'il fallait apprendre le chemin du retour. La faim, la fatigue, l'habitude étaient des garanties suffisantes. Gustave s'endormit, insouciant. Son vieux cheval possédait l'intelligence, la sagesse, et même la conscience, ainsi que la suite le montrera.

Sur les bords de la Vie, Charles de Bonhomme se réveilla bientôt. Il était désespéré, humilié d'avoir été ainsi vaincu. Il décida donc de rentrer directement à Chavignolles pour aller chercher des renforts. Charles avait une raison toute personnelle d'être vexé de la façon dont il avait été vaincu. La famille de Bonhomme était une famille riche qui avait fait fortune grâce au plus doux des commerces : celui des ouvrages d'art religieux.

Monsieur de Bonhomme, père, était un artiste dont l'habileté et le goût dépassaient celui de Michel Ange : peintre, graveur, sculpteur, il était de plus un homme d'affaires avisé. Il vendait le produit de son industrie dans les évêchés de toute l'Europe. Tous les jours de massifs chariots quittaient Chavignolles pour Rouen surchargés de *croix, médailles chapelets de toutes dimensions, candélabres pour oratoires, autels portatifs, bouquets de clinquant, de sacrés cœurs en carton bleu, de Saint joseph à barbes rouges, de calvaires de porcelaines,* mais aussi de bâtons de pèlerins, fabriqués en série, sur le même modèle, des bâtons absolument semblables à celui dont Gustave s'était servi pour assommer Charles.

On comprend donc le goût amer de cette défaite. Face à l'arme de Gustave. Charles avait été mis dans l'impossibilité de se défendre. Il ne pouvait dégainer son sabre et briser une œuvre de son père. Charles était rentré chez lui, penaud.

Pendant ce temps le percheron de Gustave, s'apercevait que son maitre s'était endormi dans les bras de la belle Eve Hélot. L'animal décida donc de prendre les choses en main. Son maitre ne le dirigeant plus, il entreprit d'analyser la situation. Il avait vu des valets impertinents lui tirer dessus à coups de mousquets. Il les avait vus se faire punir de leur impertinence à coups de marteau. Il avait pu constater le manque total de vigilance de Charles de Bonhomme. Ce gentilhomme avait dû se rendre compte que ses valets tiraient sur Gustave de Beauthézin, cependant il n'avait rien fait pour les en empêcher. « Oh ! combien d'hommes dans le monde, avec leurs gestes cavaliers, leurs petits caquets et leur air aimable n'ont ni sens ni conduite », se disait-il. Et prudemment, lentement, il approfondissait ses réflexions.

Il fit un bilan de l'aventure : les valets de Monsieur de Bonhomme avaient été punis de leur méchanceté. Monsieur de Bonhomme avait été puni de son manque de vigilance. Tout cela grâce à la témérité — quelque peu outrecuidante — de Gustave de Beauthézin. Le percheron était habitué, à des comportements plus courtois de la part de son maitre. Toute cette guerre avait visiblement été suscitée par la beauté d'une femme, celle qu'il portait sur son dos.

Cette gente demoiselle était sans doute la fameuse Hélène dont parle Homère dans l'Iliade. Cette beauté fatale qui causa cette guerre antique célébrée par Homère. Le percheron ne savait ni lire ni écrire, mais il se récitait tous les soirs l'Iliade et l'Odyssée.

Il aimait ce texte, car il se terminait bien, grâce au cheval de Troie. Le vieux percheron aurait rêvé d'être un tel héros. Il espérait devenir un jour aussi glorieux. Il se mit à réfléchir avec intensité. Et tout vieux percheron qu'il était, il s'avéra sage et sagace. Il se devinait que la femme qu'il avait sur le dos était la fiancée de Monsieur Charles de Bonhomme qui devait être un Troyen que son maître voulait battre.

Il fallait que son maitre gagne cette guerre. Face à complexité de ces faits emmêlés, le vieux percheron prit la décision la plus intelligente que puisse prendre un cheval connaissant Homère. Il décida d'être à Gustave, ce que le cheval de Troie fut à Ulysse : un instrument de victoire, un justicier.

Il prit la décision d'emmener son maitre vaincre à Chavignolles. Cet exploit permettrait de rendre à Charles de Bonhomme sa fiancée légitime, et à son seigneur Gustave de Beauthézin d'être le conquérant de Chavignolles. Alors il rebroussa chemin. Le vieux percheron imaginait avec des larmes dans les yeux, le futur Homère qui écrirait l'épopée du « cheval de Chavignolles ».

Il avançait avec courage, d'ailleurs à Chavignolles ne connaissait-il pas une charmante jument qui serait très contente de le voir ? À petit trot il avançait. Le temps passait. Le soleil se coucha. Le ciel se colora, la nuit vint avec une lune bienfaisante éclairant le chemin de

Chavignolles. Le percheron était fier de son initiative. Il y avait des chauves-souris, des oiseaux de nuit qui hululaient, des ombres étranges ici et là, des bruissements étranges dans les buissons, du suspense. Arrivé devant la ferme des de Bonhomme, le vieux percheron, frémissant du bonheur d'un devoir accompli, déposa devant le porche Eve et Gustave qui dormaient toujours, tendrement enlacés dans les bras l'un de l'autre. Puis, romantique, il alla rejoindre sa jument.

Au lever du soleil, lorsque Charles de Bonhomme ouvrit ses volets et découvrit le cadeau qu'on lui avait déposé pendant la nuit, il poussa des grands cris de joie. Sa fiancée était revenue ; son rival était livré, endormi. Charles fit donc envoyer Gustave de Beauthézin, empaqueté dans ses rêves, au Lieutenant de police de Chavignolles : Monsieur Pépin Jeton. Il accompanait son coils, d'un courrier enjoignant de traiter ce malfaiteur comme un ravisseur de fiancée.

Puis, il décida de profiter de cet heureux coup du sort pour organiser son mariage trois jours après. Pendant ce temps, Gustave se réveillait, enchaîné sur le carrelage de la prison de Chavignolles. C'était une forteresse inexpugnable. L'étroite fenêtre de son cachot donnait sur une *grande cour carrée, entourée de quatre faces de bâtiments peints en blanc avec de grandes bandes horizontales rouges, vertes, bleues, noires. Il apercevait au centre de la cour, une petite touffe de laurier rose dont toutes les fleurs épanouies faisaient des taches rouges sur le pavé ; sur ce pavé en marbre de couleur grise trottinait un bouledogue aux yeux noirs et aux grosses mâchoires.*

Comment s'échapper de ce lieu lugubre ? Pendant ce temps-là, au village, les manigances allaient bon train. Charles de Bonhomme intriguait le plus possible auprès du Lieutenant de Police Pépin Jeton, afin que Monsieur de Beauthézin ait un châtiment exemplaire. Dans le même temps, le père de Charles, Monsieur de Bonhomme, se réjouissait de pouvoir marier son fils.

Et pour donner plus d'éclat à la fête, il imagina que cela pourrait être une bonne idée de marier le même jour son fils cadet : Francis de Bonhomme. Celui-ci était amoureux d'une jeune fille du village : Anne Odine. Sa beauté exceptionnelle avait été longtemps le sujet de toutes les conversations. Francis avait pour succombé à ses charmes. C'était un beau brin de fille ; une jolie fleur des champs épanouie par la rosée normande ; elle faisait penser à quelque madone du peintre Vénitien Giorgione.

Sous les ordres de Monsieur de Bonhomme père, tous les plans furent préparés pour que les noces soient splendides, inoubliables inimitables. Il y aurait un grand bal, *des danseuses d'Asie Mineure, un orchestre de musiciennes de Cyrénaïque, des zèbres et des girafes d'Afrique, des feux de Bengale.* On installerait les tables dehors ; le festin serait normand. Madame de Bonhomme mère fut chargée de décider elle-même du menu. Il fut décidé qu'on servirait : *un aloyau, des tripes, du boudin, une fricassée de poulet, du cidre mousseux, une tarte aux compotes et des prunes à l'eau de vie.*

Pendant que l'exaltation s'installait chez les de Bonhomme, un voile de tristesse assombrissait la prison et l'Hôtel de Police. Gustave se demandait s'il reverrait un jour sa bien-aimée.

Le lieutenant de police n'était guère plus heureux. Il faut savoir qu'il était de son côté amoureux de la belle Anne Odine. Le mariage de cette dernière avec Francis de Bonhomme l'installait donc dans un état de grande tristesse qui se mua bientôt en jalousie. Il cherchait quel stratagème il pourrait utiliser pour enlever l'objet de sa flamme à l'incendie de ce mariage funeste.

Une idée jaillit de ses pensées sombres. Se souvenant que Gustave venait d'être mis en prison pour « enlèvement de fiancée », il se dit qu'il avait sous les yeux la solution à son problème. Il se rendit dans la cellule de son prisonnier. Il lui expliqua que lui, Jeton, avait autant intérêt que lui, Gustave de Beauthézin, à ce que les noces chez les de Bonhomme ne se fassent pas. Il fut donc décidé que la veille des noces le Lieutenant de Police et son prisonnier organiseraient l'enlèvement de leurs amoureuses.

Le jour dit, Gustave de Beauthézin mit ses trois marteaux à sa ceinture, le lieutenant Jeton s'arma de trois mousquets, et les deux jeunes filles furent enlevées tandis qu'elles faisaient leur toilette.

Le Lieutenant de Police heureux du succès de l'opération épousa illico Anne Odine, et rendit sa liberté à Gustave de Beauthézin qui ramena la belle Ève Hélot à Rouen. Le retour fut enchanteur. La campagne bruissait de mille chants d'oiseaux.

Le ciel d'un bleu tendre, arrondi comme un dôme, s'appuyait à l'horizon sur la dentelure des bois ; en bas, sur le bord de la route, une petite fille nu-pieds dans la poussière faisait paître une vache ; au pied d'un chêne, un peintre en blouse bleue travaillait avec sa boîte de couleurs sur les genoux. Bercé par tant de pittoresque Gustave, hâve d'émotion, ivre de désir, avait envie d'embrasser Eve. Mais il n'osait pas. Il la regardait. Il l'admirait, rêvait, tant et si bien que le voyage sembla ne durer qu'un instant. Ils furent bientôt sous le porche du Château de Barbacane à l'entrée du pont de la Duchesse Mathilde. Eve Hélot remplie de frissons se blottissait contre lui. Il se sentait empli d'une félicité sans nom. Il ramenait sa fiancée à la maison. Hélas, elle s'était déjà « embonhommisée ». Dès que leur monture eût posé son premier sabot sur le pavé du pont, elle lui dit avec un sourire à la signification peu claire : « Hic Rotomagus, hic Salta », et comme Gustave ne disait rien elle ajouta, « Eh bien quoi tu ne fais rien ? Tu es si terne ! Essaie d'être un peu pétillant, guilleret, explosif, enflammé ! » Et comme il ne réagissait toujours pas, elle ajouta. « Tu es un peu ensommeillé pour un Don Juan. Tu es aussi ennuyeux que ce pont, il est tout gris, tout triste, il faudrait l'arranger, y mettre de la couleur, y faire un feu d'artifice, le faire sauter en l'air. S'il te plaît Gustave, fais-moi plaisir, fais-moi sauter le pont. Je te ferai un beau sourire ; nous vivrons heureux ; nous aurons beaucoup d'enfants. »

Eve Hélot — précisons-le — s'exprimait ainsi par duplicité, non pas par vérité. Durant le voyage en carrosse de Rouen à Livarot, Charles de Bonhomme l'avait tant lutinée qu'elle avait commencé à y prendre goût, quoiqu'elle n'ait pas osé l'avouer. Quand elle avait vu la propriété de la famille de Bonhomme, son désir pour Charles s'était encore accru. En s'adressant ainsi à Gustave, elle espérait surtout s'en débarrasser.

Gustave qui ne pouvait pas déchiffrer tout ce qu'Eve avait derrière la tête lui répondit.

— Heu… oui, je vais essayer. Attends.

Alors Eve attendit de voir ce que Gustave allait faire. Il la ramena chez ses grands-parents, courut chez son père, grimpa au grenier, fouilla, trouva son faubert, un sac de poudre et les rapporta, le soir même, sur le pont de la Duchesse Mathilde. Alors que le soleil était couché, Gustave fauberta le pont avec le contenu de son sac, un mélange explosif de sa fabrication. Il l'alluma, et un feu d'artifice splendide embrasa le pont et la barbacane qui explosèrent en mille paillettes. Les briques moyenâgeuses fusaient en cascades étincelantes avec un bruit et des effets de lumières dignes des meilleurs artificiers de notre bon Roi.

Devant le succès de l'explosion, face au pont détruit, Gustave se sentit soudain démuni, comme un enfant qui sait qu'il a fait une immense bêtise et ne sait où se cacher. Alors il vacilla, comme un somnambule s'éveillant d'un mauvais rêve et chuta.

Il avait atterri sur le pont d'un navire : La Santa Clara de Christophe Colomb qui s'apprêtait à repartir vers l'ouest pour un nouveau voyage vers Cipangu. Devant le pont écroulé, et le désarroi de Gustave de Beauthézin, l'Amiral Colomb décida d'appareiller de nuit, ce qui était audacieux. Descendre la Seine jusqu'à la Manche, de nuit, sans avoir recours à un pilote de Seine était une nouvelle illustration — et non des moindres — de l'origine normande de Christophe Colomb. C'était le signe qu'il connaissait aussi bien la Seine que la route de l'ouest vers les Indes. Cette fois la navigation fut plus rapide. L'équipage de la Santa Clara connaissait la route pour parvenir sans danger jusqu'à Cipangu. Le navire affronta même avec succès deux tempêtes et deux attaques de navires anglais. Arrivée sur les côtes de ce merveilleux pays, la coque de la caravelle vint cependant heurter des récifs acérés. Les solides planches craquèrent, la caravelle sombra. Bientôt, il ne resta plus sur l'eau que quelques planches, et deux hommes agrippés à deux d'entre elles. Héroïques et vigoureux ils parvinrent jusqu'à la rive.

Ils s'écroulèrent sur le sable de Cipangu, puis en s'empoignant l'un à l'autre ils se redressèrent. Ils étaient presque collés l'un à l'autre. Celui de droite était vêtu à la manière d'un amiral, tel que les amiraux étaient costumés vers 1500. Il avait la tête auréolée d'une espèce de lumière. Un foulard était noué autour de son cou, comme ceux des cow-boys dans les westerns. Une ceinture ou plutôt une étoffe lui serrait la taille et tenait fermé son vêtement qui lui arrivait à mi-cuisse. Il n'avait plus de souliers. Il tenait l'une des extrémités de l'étoffe qui lui servait de ceinture de sa main gauche. Son bras droit était passé autour de la taille du personnage situé à sa gauche. Celui-ci n'avait guère l'air plus florissant. Maigre, à peine habillé, une pièce du tissu noué autour de la taille. Ses côtes saillaient sous sa peau qui était émaillée d'une foule de petits traits : boutons, signes de maladie, cicatrices, signes de négligence ? Poils collés sur le corps peut-être. Ce personnage avait une allure de vagabond, il venait de sauver son voisin de la noyade. Ce sauveteur misérable n'était autre que Gustave le Faubert., l'homme qu'il venait de sauver n'était autre que Christophe Colomb…

 Pendant ce temps-là, Eve Hélot était retournée à Chavignolles, où elle avait convolé en justes noces avec Charles de Bonhomme. Mais rapidement elle s'en lassa. Il était entouré de quatre beaux valets : Descartes, Deutraifle, Deuquarreau, D'Heupic ; ils la faisaient rire. Elle ne tarda pas à leur trouver d'autres charmes. Elle devint leur favorite à tous. Chacun d'eux s'imaginait être le seul à occuper la totalité de son cœur. Mais elle n'en avait cure. Elle devint aussi l'amante de Pépin Jeton, tandis qu'Anne Odine devenait celle de Charles de Bonhomme. Ainsi vivaient les dames du temps jadis, brisant les cœurs, rompant les ponts. On ignore aujourd'hui ce que sont devenus les sequins du coffret d'Eve Hélot. On est en revanche sûr que le percheron de Gustave avait terminé sa vie auprès de sa jument à

Chavignolles. On ne sait ce qu'il advint de Christophe Colomb sur l'île de Cipangu, on sait en revanche que Gustave le Faubert demeurera à tout jamais pour la postérité le sauveteur de Christophe Colomb et qu'il épousa une belle Cipanguaise avec qui il eut de nombreux enfants… La conséquence la plus immédiate de l'explosion du pont de la Duchesse Mathilde, fut que le roi de France décida de construire et développer au Havre, un port plus sûr, plus vaste qui ne risquait pas d'être obstrué par des ponts écroulés… On prétend qu'il fit faire ce travail par un certain Pierre Corneille, mis à l'amende et libéré par l'admirable construction de ce nouveau Havre. C'est ainsi que se termine la véridique histoire du pont levant et de l'Eve Hélot de Jeton qui est la preuve absolue de l'origine normande de Christophe Colomb. »

En achevant sa lecture, Jules demeura abasourdi. Il avait l'esprit confus, embrouillé. Comment Rémy-George Astulf avait-il pu écrire un tel tissu d'invraisemblances ? De longs passages étaient soulignés, accompagnés de mentions rageuses : « Recopié intégralement par l'infâme Flaubert dans L'Éducation sentimentale » « Repris mot pour mot par G. F… dans une « Lettre à Louise Colet » « Bouvard et Pécuchet » ! « Lettre à Madame Flaubert ! » « Un cœur simple » ! Certaines mentions avaient été tracées d'un trait tellement violent qu'il avait déchiré quelques feuilles. Elles étaient toutes assorties d'un paraphe : G.A.[82].

---

[82] L'ensemble des passages qui auraient été prétendument recopiés par Gustave Flaubert chez R.-G. Astulf sont ceux qui ont été utilisés par Georges Perec dans « La Vie Mode d'emploi » et qui ont été effectivement copié dans l'œuvre de Flaubert. Ils sont ici matérialisés en lettres italiques.

« G.A..... c'est signé Georges Astulf, soupira Jules, mais pourquoi Flaubert n'a-t-il jamais évoqué ses emprunts à Rémy-Georges Astulf ? Il n'hésitait pourtant pas à dire, dans sa correspondance, l'admiration qu'il avait pour d'autres auteurs.

Assis dans la salle spacieuse et lumineuse de la TGMO Louise Colet, Jules Kostelos retournait cette question dans tous les sens, en contemplant le pont Gustave Flaubert.

"On a beau avoir collé son nom à ce chef-d'œuvre d'esthétique, Flaubert était tout, sauf un partisan du « copier-coller ». En contemplant les papillons d'acier surmontant les hauts pylônes blancs du pont, Jules se remémorait ces mots que Gustave écrivait à George Sand au moment où il était en train d'imaginer « Un cœur simple » : 'J'écris maintenant une petite niaiserie, dont la mère pourra permettre la lecture à sa fille. Le tout aura une trentaine de pages. J'en ai encore pour deux mois. Telle est ma verve. Je vous l'enverrai dès qu'elle sera parue (pas la verve, l'historiette).'[83]

Un peu plus haut dans la même lettre, il expliquait le travail auquel il s'astreignait pour alimenter sa « verve » pour sa « niaiserie » :

'Je recherche par-dessus tout la beauté, dont mes compagnons sont médiocrement en quête. Je les vois insensibles, quand je suis ravagé d'admiration ou d'horreur. Des phrases me font pâmer, qui leur paraissent fort ordinaires.

Goncourt est très heureux quand il a saisi dans la rue un mot qu'il peut coller dans un livre, et moi très satisfait quand j'ai écrit une page sans assonances ni

---

[83] Gustave Flaubert, Lettre du 11 septembre 1875 à George Sand in Correspondance, tome 4 p. 222

répétitions. Je donnerais toutes les légendes de Gavarni pour certaines expressions et coupes des maitres comme « l'ombre était nuptiale, auguste et solennelle » — comme l'ombre du pont qui rejoint à l'instant les deux rives ? — s'interrogeait Jules —, ou ceci du président de Montesquieu : « Les vices d'Alexandre étaient extrêmes comme ses vertus. Il était terrible dans sa colère. Elle le rendait cruel. » — et Kostelos contemplait la vaste silhouette qui se dressait devant les larges vitres de la TGMO : « Les papillons du pont étaient extrêmes… comme leur câblage… Il était terrible ce pont Flaubert… … rempli de points de suspension… — »

La lecture de L'Eve Hélot et Gustave le Faubert n'avait fait qu'accroître les questions et le mystère qui obsédaient Jules. Il ne savait toujours pas ce qui s'était passé dans la nuit du dimanche 2 Juillet au lundi 3 Juillet. Il ne parvenait plus à se souvenir ce qu'il avait lui-même fait cette nuit-là, alors comment allait-il pouvoir découvrir le déroulement d'événements auxquels il n'avait pas assisté ?

Sur le véritable déroulement de ces faits inconnus de Kostelos, il est temps de lever le voile.

Deux individus se concertaient sur le quai, au pied du pont Gustave Flaubert. Ils s'apprêtaient à escalader un des pylônes du pont (geste purement héroïque, fantaisiste, artistique puisque le pont est muni d'un escalier, mais pourquoi faire simple quand on peut faire compliqué)...

Le premier était un gros balaise avec un petit front ; le deuxième un grand bossu avec des dents en moins. On aura reconnu Fulbert Astaguve et Berualf Vetusga, les deux bibliothécaires aux airs louches.

En déroulant leur corde, ils discutaient :

— Tu crois qu'il va venir ? demandait Fulbert Astaguve.

— Qui ? répondait Berualf Vetusga.

— Ben Georges Astulf, de qui que tu crois d'autre que je pourrais parler ?

— Bah ! Je sais pas, en tout cas il est pas là.

— Merci, j'avais remarqué.

— Il se sera dégonflé, conclut le bossu avec des dents en moins.

Il regardait le pylône du pont. L'endroit était sinistre. La nuit était sombre, un brouillard grisâtre semblait peser sur la Seine. Elle battait contre les piles du pont « avec un bruit de râle et de sanglots ; et des ombres peu à peu s'évanouissaient comme si elles eussent passé à travers »[84] le béton... Les deux hommes frissonnaient.

— Tu crois pas qu'on devrait plutôt prendre l'escalier ?

— Ben non, idiot, ce ne serait plus le pari qu'on a fait avec Georges Astulf

— Oui, mais il n'est pas là.

— Tant pis, on a dit qu'on grimperait en varappe, on grimpera en varappe. T'es un escaladeur ou tu n'es pas un escaladeur ?

— Ben oui, dans la montagne, mais ici c'est pas pareil. Il va falloir nager.

— Mais non, espèce d'âne, on a un matelas pneumatique. Gonfle-le au lieu de te plaindre.

Berualf Vetusga commença à souffler dans le matelas. Il guettait avec un air de moins en moins rassuré. Sur le quai, il n'y avait personne. Sur le pont, il n'y avait

---

84 Gustave Flaubert, Salammbô Chapitre VII Hamilcar Barca Éditions Garnier Flammarion p. 125

personne. Il était interdit à la circulation en vue des exercices de lever et descente des tabliers. Pour être sûr qu'ils fonctionneraient les jours suivants, il fallait procéder à plusieurs essais préalables. Il était entre deux heures et trois heures du matin. Une drôle d'heure pour escalader un pilier de pont en béton qui n'était pas fait pour ça. Quelques tentes blanches déjà montées en prévision de la grande fête de l'Armada qui devait commencer deux jours plus tard. Elles étaient ballottées par le vent qui venait de se lever. Il pleuvait. Le matelas était gonflé.

— Allez, on y va, lança Fulbert Astaguve
— Holà pas si vite, répondit Berualf Vetusga

Mais Fulbert Astaguve était déjà sur le matelas pneumatique et commençait à planter des pitons le long de la paroi de la base d'une des piles du pont. Une fois qu'il l'eût escaladée, il donna un coup dans le matelas avec sa corde :

— Je te renvoie le matelas, viens me rejoindre.

Alors ils commencèrent l'ascension. Il pleuvait. Le béton glissait. Les pitons tenaient, mais les chaussures n'adhéraient pas. Il fallait monter uniquement à l'aide des bras.

Ils avaient évidemment entamé leur ascension du côté du pylône dépourvu de cette structure métallique qui aurait facilité cette opération.

Fulbert Astaguve était musclé, il parvenait à se soulever à l'aide de ses seuls biceps. Mais il était si lourd qu'à deux reprises des pitons s'étaient décrochés, manquant de les faire chuter, la première fois à deux mètres de haut, la seconde à dix mètres…

Heureusement Berualf Vetusga était léger. Ils ne pouvaient pas se parler. Ils soufflaient, s'essoufflaient, se soulevaient, progressaient extrêmement lentement. Il leur fallut une demie-heure pour parvenir jusqu'à hauteur de la route. Arrivé à ce niveau ce n'était pas fini, il fallut improviser. Lancer la corde, l'arrimer, recommencer l'opération plusieurs fois. Berualf Vetusga glissa, se retrouva dans le vide, suspendu à la corde. Heureusement Fulbert Astaguve venait de réussir à l'arrimer à la balustrade. Il hissa Berualf Vetusga, ils parvinrent sur la chaussée du pont, ils s'affalèrent.

— Ouf… fit Fulbert Astaguve

— Oups… enchaîna Berualf Vetusga, mais au fait qu'est-qu'on va faire du matelas pneumatique ?

— Chut ! répondit le gros balaise avec un petit front.

Il venait d'apercevoir sur la chaussée, un mystérieux cycliste qui se dirigeait vers eux. Mais il roula près des deux hommes sans les voir. Il se dirigeait vers la rive-droite.

— C'est qui ? demanda Berualf Vetusga tu crois que c'est Georges Astulf ?

— Bah ce serait étonnant, répondit Fulbert Astaguve, pourquoi qu'il nous aurait pas parlé ?

Ils venaient de réaliser un exploit absurde et normalement impossible à réussir. La seule personne qui aurait pu les admirer était un fugitif à vélo. Il ne les avait peut-être même pas vus…

Quand Jules Kostelos rentra chez lui, il fut accueilli par Graziella. Il lui expliqua qu'il était à la recherche du « Don Juan Somnambule ou la chute du pont » de Gustave Flaubert et Giovanni Bottesini. Elle éclata d'un étrange rire nerveux. Il ne s'en aperçut pas, plongé qu'il était dans un mystère paraissant insoluble.

Chapitre VIII

Tandis que Jules nageait dans le mystère, Charles Hockolmess, blotti contre son chapeau melon, avait ouvert un œil. Il contemplait la table de la cuisine d'un air hostile. « C'était une table de campagne, manifestement peu habituée à la civilisation trépidante des grandes zones urbaines ; elle avait gardé de ses origines rurales une propension parfois inquiétante au nomadisme... »[85] Charles avait manifesté envers elle, au début, une hostilité opiniâtre, muette, mais terriblement efficace, il avait pris l'habitude de la griffer, avec soin, détermination, résolution. Tant et si bien qu'à la fin, il s'était mis à aimer cette table qui se soumettait si bien à ses désirs. Ce jour-là, elle était particulièrement sage, supportant une théière dodue et brillante. Charles se rendormit, rêvant à nouveau... Goulue, dodue, brillante, elle était tout cela à la fois cette théière. Elle était là, posée. Assise ou debout, allongée ou dressée. Elle le fixait de son œil creux ménagé dans son bec verseur qui s'ouvrait au-dessus de son long cou raffiné à la courbure de cygne. Elle était là, reposante, rassurante, toujours présente, jamais lasse. Cela faisait presque trente ans qu'elle l'accompagnait dans tous ses périples, au milieu de tous les périls. De Milan à La Havane, de La Havane à Londres, de Londres à Mexico. Elle occupait le centre du guéridon, d'un air candide, le jour où il avait dû recevoir le terrible Général Santa Anna qui lui avait commandé ce fameux hymne national mexicain en brandissant sous son nez deux colts à six

---

85 Georges Perec, Quel petit vélo avec un guidon chromé au fond de la cour ? Folio 1982 pp. 51 et 52

coups. Il en avait déduit qu'il fallait écrire une marche à six-huit. Une audace… personne avant lui n'avait osé. Il avait fallu la menace de ces deux colts soulignée par cette phrase menaçante :

— « Dans trrrois jourrrs, il faut que ce soit prrrêt. »

Cela faisait à peine deux jours que cet entretien avait eu lieu, et le Général Santa Anna qui roulait autant les r que ses yeux faisait frissonner Giovanni Bottesini de peur. Auparavant, il y avait eu cette ennuyeuse traversée de La Havane à Vera Cruz. Un voyage éprouvant de monotonie sur un steamer essoufflé. Il lui avait fallu supporter cette petite colonie de voyageurs oisifs, les longs monologues de Lady Collier. Cette dame austère s'était imaginé que Giovanni Bottesini était passionné par ses histoires. Elle lui racontait sa vie dans un anglais d'une élégance parfaite. Giovanni assis sous le roufle arrière, l'oreille tendue contemplait le sillage qui s'éloignait vers l'est. Il écoutait le ronflement de la chaudière, le bouillonnement de l'eau contre la coque, le bourdonnement de l'anglais de la Lady. Giovanni parlait très mal l'anglais et ne le comprenait qu'avec difficulté. L'italien, le français, l'espagnol suffisaient à ses tournées. La voix de Lady Collier avait quelque chose de tendu et de serré à la fois ; quelque chose d'une harpe lamentablement désaccordée. Elle lui parlait sans cesse d'un certain Gustave de ses amis. "Flowbert vous devriez le rencontrer ! Il a une telle imagination… Ion ! Ion ! Ion ! (son rire faisait un drôle de son"

En l'écoutant, Giovanni songeait aux arpèges de harpe qu'il allait pouvoir replacer sur les roulements de timbales, les gémissements de violoncelle, les

vrombissements de contrebasse, il réécrirait en l'améliorant, la scène de la révolte des équipages de son opéra Cristoforo Colombo. Comment pouvait-on traduire le Mexique en musique ? Le steamer sur lequel il se trouvait était bien différent des caravelles de Christophe Colomb, mais l'ennui de la traversée suffisait à animer l'imagination de Giovanni. Le mouvement principal serait une valse. Il avait commencé à composer la partition mentalement. Mais impossible d'écrire cette partition physiquement, sous les yeux de Lady Collier, c'eut été malpoli.
Alors il avait remis son travail au lendemain. Le lendemain Lady Collier avait remis en marche sa machine à coudre le tissage inlassable de son anglais abscons. Elle enfilait ses perles monotones sur ses cordes vocales fatiguées. Giovanni entendait son œuvre, symphonie avec chœurs et orchestre, résonner dans son esprit, sans avoir la possibilité de la coucher sur le papier. Ils étaient arrivés à Vera Cruz, une ville décevante, agitée, violente et déplorable tout à la fois. Ayant pris congé de Lady Collier, Giovanni avait enlacé amoureusement sa contrebasse et en traînant ses malles, il s'était engouffré dans une diligence vermoulue. Elle s'était engagée sur cette longue route rocailleuse qui menait à Mexico. Il y avait eu l'inévitable attaque de desperados. Ils avaient pillé quelques malles, s'étaient attardés quelques instants sur la contrebasse, renonçant à s'en emparer quand ils avaient découvert son poids. La théière, plus légère, avait également échappé à leur convoitise. Elle était donc arrivée intacte à Mexico, un miracle si l'on tient compte des cahots de la route, un miracle qu'elle n'ait pas été ébréchée. Les oreilles écorchées par les roulements des

rrrs du Général Santa Anna, Giovanni songeait avec amertume à cet opéra mentalement composé qui n'était toujours pas écrit.

Aurait-il un jour l'occasion de le terminer ? Las, déprimé, il décida d'utiliser la valse de la révolte pour sa marche à six temps. Moyennant quelques adaptations rythmiques, cela fonctionnait. Il l'avait écrit en trois heures, après le départ du Général. Il s'était tellement angoissé durant ce travail que le résultat avait fini par ressembler à une polka. Il avait fallu remplacer les chanteurs par une fanfare, la harpe par un banjo, les timbales par une grosse caisse. Les répétitions avaient dû être bouclées en deux fins d'après-midi de dix-huit heures à vingt-deux heures, seule tranche horaire où l'orchestre de Mexico acceptait de travailler. Les musiciens avaient exigé de Giovanni un tempo deux fois plus lent que ce qui était prévu. Le résultat avait déplu au Général qui n'avait pourtant aucune oreille musicale. L'hymne avait été refusé. Giovanni avait dû remballer sa théière pour s'embarquer le jeudi matin sur le Titanic, un vieux voilier construit en 1758 à Brest et qui faisait la liaison régulière entre Vera Cruz et Fort-de-France. C'est lors de cette traversée qu'il avait revu Florentine Williams qu'il avait quittée depuis le 2 décembre 1846, date de son départ pour La Havane où il était invité pour créer son premier opéra : Cristoforo Colombo qui allait faire de lui, un compositeurs célèbre en Amérique du Sud.

Une trentaine d'années plus tard, à Paris, il s'en souvenait avec émotion en compagnie de ce vieux râleur. Ce Gustave qu'il avait revu, car Florentine voulait absolument revoir ce drôle de chevelu qu'ils avaient rencontré en Corse et qui les avait fait tellement rire.

Depuis, il avait perdu son sens de l'humour et tous ses cheveux. Mais il tenait à prendre des leçons de contrebasse avec Giovanni Bottesini. Il s'était mis dans la tête de composer un opéra. Il avait écrit une esquisse, sur laquelle il voulait poser de la musique.

Et puis, il souhaitait apprendre à jouer de la contrebasse.

— C'est indispensable ! Il faut que Pécuchet se mette à jouer de la contrebasse, et je veux montrer cela de l'intérieur, ce serait d'un pignouf ! Ça ferait un tableau d'une impression terrible.

Giovanni Bottesini laissait parler, ignorant qui était ce Pécuchet dont Gustave Flaubert ne cessait de lui parler. Ce fut leur dernière entrevue. Trois mois après, le 8 mai 1880 Gustave Flaubert mourait sans avoir eu le temps de rapporter une contrebasse chez lui. Voilà pourquoi Pécuchet ne joue pas de contrebasse... Un bruit avait réveillé Charles Hockolmess. Jules rangeait décidément ses livres n'importe où, n'importe comment : « Bouvard et Pécuchet » venait de tomber sur le carrelage de la cuisine, en s'ouvrant à la page 168.

« Ensuite ils tâtèrent des romans humoristiques, tels que Voyage autour de ma chambre par Xavier de Maistre ; Sous les tilleuls, d'Alphonse Karr... »[86]

---

[86] Gustave Flaubert, Bouvard et Pécuchet Louis Conard Libraire Éditeur 1923 p. 168

Chapitre IX

La première fois qu'Édouard l'avait vue, c'était à la télévision, il en avait été fasciné. Ses yeux verts pétillaient, comme animés d'un sourire permanent. Elle portait un tee-shirt avec un col en V et deux boucles d'oreille en forme de « E ». Une manière subtile de dévoiler qu'elle s'appelait Eve, Eve Hélot-Aroux. Sa jupe surmontait deux longues jambes qui ne pouvaient être que celles d'une danseuse. Elle chantait au Club de Jazz « Le Petit Opportun ».

La deuxième fois qu'il l'avait vue, c'était sur un banc de l'île Saint Louis. Les bateaux-mouches passaient sur la Seine, les nuages filaient dans le ciel, mais il n'avait fait attention qu'au son de sa voix. Elle était douce et chaleureuse, sa diction était rythmée comme une sonate de Mozart. Auprès d'elle, il se sentait rassuré. Que cachait-elle derrière ce charme insurpassable ?

Il fallait absolument qu'il la revoie. Alors il avait décidé de lui envoyer un courriel.

Cela faisait la dixième fois qu'il réécrivait son texte dans la fenêtre « Nouveau Message ». Il en avait effacé neuf autres auparavant. Tous disaient à peu près la même chose. Tous étaient cependant un peu différents les uns des autres. Tous racontaient à peu près la même histoire. À chaque fois en relisant ce qu'il avait écrit, il finissait par appuyer sur les touches « pomme » et « A » correspondant au menu « tout sélectionner » et d'un coup bref sur la touche droite du haut, il effaçait la totalité de ce qu'il avait écrit. Pour la dixième fois, il recommençait son courriel, décrivant à nouveau la même scène :

« Toutes les mers veillent. Jour et nuit, bercés par la houle, ils viennent, sur leurs gondoles, sous leurs masques vénitiens. Jour et nuit, ils veillent, pailletés sous leurs masques de carnaval, éclatant de couleurs. Ils voguent, accompagnés d'énormes contrebasses. Ils rament, résolument, lourdement. Ils naviguent à la lueur de la lune, la nuit ; sous les éclats du soleil, le jour. Par les nuits sans lune, ils continuent d'avancer, fêtards permanents d'un carnaval qui ne s'arrête jamais. Il y a toujours sur un océan, quelque part, une troupe de saltimbanques chamarrés qui rythment les vagues de leurs lourdes rames, sonores. Il y a toujours quelque part une troupe de tambourineurs qui frappent les vagues de l'océan pour les faire venir vers la rive, pour amener la brise du dehors jusqu'aux embrasures de tes fenêtres où les rideaux flottent comme des voiles... » Il se relut. Ses yeux le piquaient. Ils étaient irrités. Il se les frotta. Cela n'arrangea rien. Pour la dixième fois, il s'arrêtait en grinçant des dents. Pour la dixième fois, il avait écrit « de tes fenêtres »...

Pouvait-il lui envoyer ce message tel quel ? Qu'allait-elle y comprendre ? Il effaça le « t », le « e ». Il remplaça le « t » par « v » ; le « e » par un « o »... Il relut : « Toutes les mers veillent. Jour et nuit, bercés par la houle, ils viennent, sur leurs gondoles, sous leurs masques vénitiens. Jour et nuit, ils veillent, pailletés sous leurs masques de carnaval, éclatant de couleurs. Ils voguent, accompagnés d'énormes contrebasses. Ils rament, résolument, lourdement. Ils naviguent à la lueur de la lune, la nuit ; sous les éclats du soleil, le jour. Par les nuits sans lune, ils continuent d'avancer, fêtards permanents d'un carnaval qui ne s'arrête jamais.

Il y a toujours sur un océan, quelque part, une troupe de saltimbanques chamarrés qui rythment les vagues de leurs lourdes rames, sonores. Il y a toujours quelque part une troupe de tambourineurs qui frappent les vagues de l'océan pour les faire venir vers la rive, pour amener la brise du dehors jusqu'aux embrasures de vos fenêtres où les rideaux flottent comme des voiles… » Cela n'allait pas non plus. Allait-elle comprendre de quelles fenêtres il parlait ? Son écran d'ordinateur en était rempli, de fenêtres ; son écran à elle, devait aussi en être plein…

Charles, assis sur le canapé, à côté de Marylin, lisait dans les pensées d'Édouard. « C'est trop vague, non ça ne va pas… » pensait-il. Alors, Charles le vit qui empoignait à nouveau la souris. De la petite flèche, il caressa délicatement le « v ». Cela lui évoquait le tee-shirt qu'elle portait sur la photo. Non, se dit-il, c'est trop indiscret de laisser ce « v ». Mieux vaut rester masqué. Alors d'un geste nerveux, il appuya sur la souris, noirci le « v » l'effaça et le remplaça par un « n ». Il relut : « Toutes les mers veillent. Jour et nuit, bercés par la houle, ils viennent, sur leurs gondoles, sous leurs masques vénitiens. Jour et nuit, ils veillent, pailletés sous leurs masques de carnaval, éclatant de couleurs. Ils voguent, accompagnés d'énormes contrebasses. Ils rament, résolument, lourdement. Ils naviguent à la lueur de la lune, la nuit ; sous les éclats du soleil, le jour. Par les nuits sans lune, ils continuent d'avancer, fêtards permanents d'un carnaval qui ne s'arrête jamais. Il y a toujours sur un océan, quelque part, une troupe de saltimbanques chamarrés qui rythment les vagues de leurs lourdes rames, sonores. Il y a toujours quelque part une troupe de tambourineurs qui frappent les vagues de l'océan pour les faire venir vers la rive, pour amener la brise du dehors jusqu'aux embrasures de nos fenêtres où les rideaux flottent comme des voiles… » Cela n'allait pas non plus. Allait-elle comprendre de quelles fenêtres il parlait ? Ils n'habitaient pas au même endroit. Ils n'étaient même pas dans la même ville, elle habitait au sud-est, il habitait au nord-ouest. Son appartement, à elle, devait être tourné vers le nord ; son appartement, à lui, était tourné vers le sud… Or, la maison qu'il imaginait comme étant la leur devait avoir une façade dirigée vers la mer, en direction de l'ouest… Et puis il en était de plus en plus sûr, elle risquait de ne pas comprendre. Aujourd'hui, le mot « fenêtre » a tellement changé de sens...

  Obsessionnellement, il en revenait à la même idée. L'écran de son ordinateur scintillait de fenêtres ; son écran, à elle aussi, devait en être rempli, à commencer par celle de son navigateur… « Navigateur ». Ce mot le stupéfia. Il en resta interdit. Il était tombé comme un pavé dans l'ouragan des mots qui tourbillonnaient dans son esprit. Elle habitait dans un port. Il devait y avoir un navigateur au long cours dans sa vie. Il en était sûr à présent : elle vivait avec un officier de marine.

Dans ces conditions, elle ne risquait guère de faire attention à son courriel. Alors pour la dixième fois, il effaça totalement son message. Il éteignit son ordinateur, son ronronnement s'interrompit. Un autre le remplaça, celui des deux chats : Charles Hockolmess faisait la cour à Marylin. Curieusement, le chat noir portait un masque vénitien. Décidément, les chats l'étonneraient toujours. Et surtout ce Charles Hockolmess qui ne cessait de faire sa cour à sa chatte. Où avait-il été le dénicher ? Il admirait son sens de la débrouillardise. Alors il lui dit :

— Tu as raison mon vieux, mieux vaut rester masqué »

Sans rien répondre, Charles Hockolmess s'étira paresseusement, et s'empara de la télécommande de la télévision et l'alluma. Sur l'écran apparut une gondole vénitienne. Elle était peuplée de chanteurs aux costumes chamarrés. Ils chantaient, accompagnés de deux contrebassistes : Ramer, ramer contre les vents contraires Ramer, ramer, envers et contre tout Tramer, tramer, conter l'Eve en longs vers, flâner. Flâner quand l'air est âpre et doux... Eve était au milieu d'eux. Ses yeux verts pétillaient sous un masque vénitien. Il ne voyait qu'elle et pourtant elle était entourée.

À sa droite un petit homme aux cheveux roux arborait un sourire narquois. Sur son visage (à moitié masqué) flottait quelque chose de mystérieux, d'énigmatique. Il portait un chapeau un peu bizarre : un haut-de-forme dont la couleur changeait perpétuellement, un « chapeau caméléon ». À sa gauche, un solide gaillard, revêtu d'une combinaison de fourrure qui le faisait ressembler à un gorille, portait un masque de crocodile. Deux colombines agitaient des castagnettes, trois arlequins frappaient des tambourins, les deux contrebassistes tiraient sur leurs cordes. Ils étaient également masqués. C'était la fin de la fameuse émission de Gus L'Hâve aux mots verts : « Le masque et le clavier ». L'image et le son s'estompèrent pour laisser place au générique. Tandis qu'au clavecin s'égrenait le premier prélude du « Clavier bien tempéré » de Jean-Sébastien Bach, la devise habituelle défilait sur l'écran : « Le monde n'est qu'un clavecin pour le véritable artiste, à lui d'en tirer les sons qui ravissent ou qui glacent d'effroi… »[87]. Alors Charles Hockolmess ôta son masque et le tendit à Édouard Charbovari en miaulant :

« Toutes les mers veillent. Jour et nuit, bercés par la houle, ils viennent, sur leurs gondoles, sous leurs masques vénitiens. Jour et nuit, ils veillent, pailletés sous leurs masques de carnaval, éclatant de couleurs. Ils voguent, accompagnés d'énormes contrebasses. Ils rament, résolument, lourdement. Ils naviguent à la lueur de la lune, la nuit ; sous les éclats du soleil, le jour. Par les nuits sans lune, ils continuent d'avancer, fêtards permanents d'un carnaval qui ne s'arrête jamais. Il y a toujours sur un océan, quelque part, une troupe de saltimbanques chamarrés qui rythment les vagues de leurs lourdes rames, sonores. Il y a toujours quelque part une troupe de tambourineurs qui frappent les vagues de l'océan pour les faire venir vers la rive, pour amener la brise du dehors jusqu'aux embrasures de leurs fenêtres où les rideaux flottent comme des voiles… » Marylin le contemplait en papillonnant des yeux avec une telle ondulation du dos que Charles se sentit obligé d'aller se blottir contre elle.

Dans la chaleur de la fourrure de Marylin, il se demandait quelles étaient les véritables relations entre Édouard Charbovari et Eve Hélot-Aroux. Eve Hélot-Aroux avait été dévoilée aux yeux du grand public sous le surnom affectueux de « Petite Reine du Vélodrome » depuis qu'elle avait eu ce succès que l'on sait dans sa célèbre reprise de la chanson de Benabar « Le Vélo » Eve Hélot-Aroux avait la réputation d'être une danseuse déchaînée et Charles Hockolmess était réellement perplexe sur les relations qui pouvaient se nouer entre elle

---

[87] Gustave Flaubert, Correspondance 23 février 1842

et Édouard. Ce devait être beaucoup plus compliqué qu'entre Jules et Salammbô. Alors Charles, blotti contre Marylin, se mit à rêver à Salammbô…

Assise à son bureau directorial de la TGMO Louis Colet, Salammbô se livrait à sa gymnastique préférée : la lecture. Elle survolait avec agilité les phrases qui s'écoulaient sous ses yeux ; en savourait le rythme. Elle se laissait bercer par le flot des substantifs, verbes, adverbes et adjectifs. Bondissant de virgules en points-virgules, elle pirouettait sur les points finaux pleins de finesse ; admirait la svelte anatomie de cette prose rendue légère par les muscles fermes de sa ponctuation…

La brochure qu'elle feuilletait faisait dix-neuf centimètres sur vingt-trois centimètres de haut. Ouvert, elle faisait donc trente-huit centimètres de large. Elle avait l'allure d'une brochure administrative, mais c'était tout de même un livre, visiblement un mémoire universitaire. Il portait en lui ce parfum sérieux qui évoquait le travail âpre et les nombreuses lectures… Il était souple, fait d'un papier mat au toucher, assez épais, un peu jauni par le temps. Sur la dernière page, une mention indiquait qu'il avait été « dactylographié en mai 1961 par Mademoiselle Rose Bellenand pour le compte de Monsieur Onésime Dubois ». C'était un ouvrage photocopié, mais relié avec soin. L'état du papier, moucheté de petites tâches d'humidité, laissait supposer qu'il avait dû séjourner longtemps dans un sous-sol humide. C'est du moins ce que supposait Salammbô. La couverture était jaune. Elle était ornée, dans sa partie inférieure d'une frise d'encre noire, formées de signes & et §. Sous ce motif, on pouvait lire la mention :

« Thèse réalisée sous la direction du Professeur

Four... (les trois dernières lettres étaient effacées) ». au-dessus des arabesques, on pouvait lire en caractère plus épais, plus gras : « EN VUE DE L'OBTENTION D'UNE MAITRISE DE MUSICOLOGIE » et sur la ligne du dessous, en plus petit : « Université de Beautrelet sur Creuse »[88] ; un peu plus haut en caractères de machine à écrire désuets et démodés : « Faculté de Musicologie » ; en remontant encore, en caractères gras, d'une taille beaucoup plus imposante, une inscription de onze centimètres virgule cinq de large sur deux centimètres de haut :

« GUSTAVE FLAUBERT ET LA MUSIQUE ».

Entre la partie supérieure de la page et ce titre, sur la même largeur, imprimée en caractère d'une hauteur de six millimètres s'étalait la mention : « Onésime Dubois ».

Il s'agissait du fameux mémoire sur les rapports de Flaubert et la musique rédigée par Onésime Dubois. Salammbô s'était décidée à le lire à la suite de sa conversation téléphonique avec Jules Kostelos. L'ouvrage commençait par ces phrases :

« Gustave Flaubert était-il un ennemi de la musique ? Certains auteurs l'affirment (René Martineau, Promenades biographiques, Librairie de France 1920, Hélène Frejlich, Flaubert d'après sa correspondance Société Française d'Éditions Littéraire et technique, 1933). Ils se fondent pour cela sur une anecdote : Gustave Flaubert aurait fui le Château de Chenonceaux à cause de la musique insupportable d'un certain contrebassiste sans doute originaire de La Havane, un dénommé Nicagio Jimenez. Pourquoi Flaubert avait-il retenu le nom de ce

---

[88] Est-il nécessaire de rappeler qu'Isidore Beautrelet et le héros du roman L'Aiguille Creuse de Maurice Leblanc ?

Nicagio Jimenez ? Pourquoi ce nom est-il oublié de tout le monde aujourd'hui ? Pourquoi avait-il retenu le nom du contrebassiste plutôt que d'un autre musicien ? La propriétaire du château, Madame Marguerite Pelouze était mélomane. Elle venait, depuis peu, d'accueillir comme pianiste et chef d'orchestre un certain Claude Debussy. La seule conclusion que l'on pouvait tirer de cette anecdote, c'était simplement que Gustave Flaubert n'aimait pas la musique de Debussy, car pour ce qui était de la musique, en général, il ne cessait de répéter qu'il l'aimait. Il se sentait musicien.

Il l'était tellement que c'est au travail du musicien-interprète qu'il se réfère pour dire l'ambition qui l'animait en écrivant « Madame Bovary » : « Je suis en écrivant ce livre comme un homme qui jouerait du piano avec des balles de plomb sur chaque phalange. Mais quand je saurai bien mon doigté, s'il me tombe sous la main un air de mon goût et que je puisse jouer les bras retroussés, ce sera peut-être bon. »[89] Flaubert était tellement amateur de musique qu'il la préférait à la société. Il l'écrit à propos d'un concert du célèbre violoniste Alard auquel il a assisté au théâtre des arts de Rouen en février 1852. S'il n'aime pas les concerts, ce n'est pas à cause de la musique, c'est à cause du public : « A propos de bal, j'ai fait une débauche mercredi dernier, j'ai été à Rouen au concert, entendre Alard le violoniste, et j'en ai vu des balles[90] ! C'était la haute société ; et quelles têtes que celles de mes compatriotes ! J'ai retrouvé là des visages oubliés depuis douze ans, et que je voyais quand j'allais au spectacle en rhétorique. J'ai reconnu du monde que je n'ai pas salué,

---

89 Gustave Flaubert Correspondance, Lettre à Louise Colet (1852) tome 2 p. 104
90 Balle : en langage parlé de l'époque cela signifiait figure..

lequel a fait de même ; c'était très fort de part et d'autre. Le plaisir d'entendre de très belle musique a été compensé par la vue des gens qui la partageaient avec moi. »[91] Sans doute se souvenait-il de ce concert, lorqu'il évoqua dans « Madame Bovary » une représentation de Lucia di Lamermoor de Donizetti au Théâtre des Arts de Rouen :
« Emma se penchait pour le voir, égratignant de ses ongles le velours de sa loge ; elle s'emplissait le cœur de ces lamentations mélodieuses qui se traînaient à l'accompagnement des contrebasses, comme des cris de naufragés dans le tumulte d'une tempête. »[92] et quelques pages avant : « … ce fut un long charivari de basses ronflant, de violons grinçant, de pistons trompetant, de flûtes et de flageolets qui piaulaient. »[93] Six ans plus tôt il écrivait, de Genève, à son ami Alfred Le Poittevin :

« Ce soir, tout à l'heure, j'ai été en fumant mon cigare, me promener dans une petite île qui est sur le lac en face de notre hôtel et qu'on appelle l'île Jean-Jacques à cause de la statue de Pradier qui y est ; cette île est un lieu de promenade où on fait de la musique le soir. Quand je suis arrivé au pied de la statue, les instruments de cuivre résonnaient doucement, on n'y voyait presque plus, le monde était assis sur des bancs, en vue du lac, au pied des grands arbres, dont la cime presque tranquille se remuait pourtant. Ce vieux Rousseau se tenait immobile sur son piédestal et écoutait tout cela. J'ai frissonné, le son des trombones et des flûtes m'allait aux entrailles, après

---

91 Gustave Flaubert, Correspondance Tome 2 p. 77 Lettre à Louise Colet (Février 1852)
92 Gustave Flaubert, Madame Bovary Éditions Michel Levy Tome II p. 316
93 Gustave Flaubert, Madame Bovary Éditions Michel Levy Tome II p. 314

l'andante est venu un morceau joyeux et plein de fanfares […] Je remettais de symphonie en symphonie à rentrer chez moi, enfin je suis parti. Au deux bouts du lac de Genève, il y a deux génies qui projettent leur ombre plus haut que celle des montagnes : Byron et Rousseau, deux gaillards, deux mâtins… »[94] La musique qui retentissait ce soir là sur le Lac Léman était-elle de Jean-Jacques Rousseau ? Elle était peut-être libre et musicale comme la poésie de Byron. Flaubert aimait insister sur les qualités musicales de Byron, sur les rapprochements que l'on pouvait faire entre la poésie et la musique :

« Ce qui me semble beau, ce que je voudrais faire, c'est un livre sur rien, un livre sans attache extérieure, qui se tiendrait de lui-même par la force interne de son style, comme la terre sans être soutenue se tient en l'air, un livre qui n'aurait presque pas de sujet ou du moins où le sujet serait presque invisible, si cela se peut. Les œuvres les plus belles sont celles où il y a le moins de matière ; plus l'expression se rapproche de la pensée, plus le mot colle dessus et disparaît, plus c'est beau.

Je crois que l'avenir de l'art est dans ces voies ; je le vois à mesure qu'il grandit en s'éthérisant tant qu'il peut, depuis les pylônes égyptiens jusqu'au lancettes gothiques, et depuis les poèmes de vingt-mille vers des indiens jusqu'au jets de Byron, la forme en devient habile et s'atténue ; elle quitte toute mesure ; elle abandonne l'épique pour le roman, le vers pour la prose ; elle ne connaît plus d'orthodoxie et est libre comme chaque volonté qui la produit. »[95]

---

94 Gustave Flaubert, Correspondance, tome 1 p. 88 Lettre à Alfred Le Poittevin 26 mai 1845
95 Gustave Flaubert, Correspondance tome 2 p.p. 70 – 71 Lettre de Janvier 1852 à Louise Colet

Ce « roman sur rien », cette prose musicale qui parvient à explorer les profondeurs de la psychologie à partir de la musique, c'est assurément « Madame Bovary ». A partir de l'évocation d'un joueur d'orgue mécanique, Flaubert parvient à nous faire entrer dans le cerveau d'Emma : « Dans l'après-midi quelquefois, une tête d'homme apparaissait derrière les vitres de la salle, tête hâlée, favoris noirs, et qui souriait lentement d'un large sourire à dents blanches.

Une valse aussitôt commençait, et sur l'orgue, dans un petit salon, des danseurs hauts comme le doigt, femmes en turban rose, Tyroliens en jaquette, singes en habit noir, messieurs en culotte courte, tournaient, tournaient entre les fauteuils, les canapés, les consoles, se répétant dans les morceaux de miroirs que raccordait à leurs angles un morceau de papier doré. L'homme laissait aller sa manivelle, regardant à droite, à gauche et vers les fenêtres. De temps à autre, tout en lançant contre la borne un long jet de salive brune, il soulevait du genou son instrument, dont la bretelle dure lui fatiguait l'épaule ; et tantôt dolente et traînarde, ou joyeuse et précipitée, la musique de la boîte s'échappait en bourdonnant à travers un rideau de taffetas rose, sous un grille de cuivre en arabesque.

C'étaient des airs que l'on jouait ailleurs sur les théâtres, que l'on chantait dans les salons, que l'on dansait le soir sous les lustres éclairés, échos du monde qui arrivaient jusqu'à Emma. Des sarabandes à n'en plus finir se déroulaient dans sa tête, et comme une bayadère sur les fleurs d'un tapis, sa pensée bondissant avec les notes, se balançait de rêve en rêve, de tristesse en tristesse… »[96]

---

96 Gustave Flaubert, Madame Bovary tome 1, Michel Levy frères,

Cette scène est le miroir et l'écho de la valse d'Emma Bovary dans le château de la Vaubyessard, une scène où Gustave Flaubert est parvenu à mettre en prose la valse de la Symphonie Fantastique d'Hector Berlioz, qu'on en juge par le souffle chaloupé de ses phrases : "Emma ne savait pas valser. Tout le monde valsait, mademoiselle d'Andervillers elle-même, et la marquise ; il n'y avait plus que les hôtes du château ; une douzaine de personnes à peu près.

Cependant un des valseurs, qu'on appelait familièrement « Vicomte » et dont le gilet "très ouvert" semblait moulé sur la poitrine, vint une seconde fois encore inviter madame Bovary, l'assurant qu'il la guiderait et qu'elle s'en tirerait bien.

Ils commencèrent lentement, puis allèrent plus vite. Ils tournaient ; tout tournait autour d'eux, les lampes, les meubles, les lambris, et le parquet, comme un disque sur un pivot. En passant auprès des portes, la robe d'Emma, par le bas, s'eriflait au pantalon ; leurs jambes entraient l'une dans l'autre, il baissait ses regards vers elle ; elle levait les siens vers lui ; une torpeur la prenait, elle s'arrêta. Ils repartirent, et d'un mouvement plus rapide, le Vicomte l'entraînant, disparut avec elle jusqu'au bout de la galerie où haletante elle faillit tomber, et un instant appuya sa tête contre sa poitrine. Et puis, tournant toujours, mais plus doucement, il la reconduisit à sa place ; elle se renversa contre la muraille et mit la main devant ses yeux.
Quand elle les rouvrit, au milieu du salon, une dame assise sur un tabouret avait devant elle trois valseurs agenouillés. Elle choisit le vicomte et la valse

---

libraires éditeurs, Paris 1857 p.p. 92-93

recommença."[97] Pour bien apprécier le rythme et la saveur de ce passage il est indispensable de le lire avant ou après l'audition de la valse qu'Hector Berlioz a placée dans sa symphonie fantastique : même force d'entraînement, spirale d'une émotion similaire vers une sorte de quête d'absolu. Il ne faut pas y voir la marque d'un hasard, mais l'effet d'une proximité entre la vie sentimentale d'Hector Berlioz et celle de Gustave Flaubert. Tous les deux ont vu leurs amours rythmés par l'éditeur de partitions musicales : Maurice Schlesinger. C'est Maurice Schlesinger qui a joué un rôle providentiel dans le mariage d'Hector Berlioz avec Harriet Smithson, c'est également lui qui a fourni à Flaubert la tablature des premières amours sur laquelle il a improvisé l'Éducation sentimentale.

En 1832 Hector Berlioz revenait de tournée à Paris pour donner un nouveau concert de sa Symphonie Fantastique. Il voulait y inviter Harriet Smithson la comédienne dont il était tombé amoureux après l'avoir vue jouer le rôle de Juliette dans « Roméo et Juliette » de William Shakespeare, c'est pour elle qu'il avait composé cette symphonie, il fallait donc absolument qu'Harriet soit à ce concert. Seulement Hector n'avait plus son adresse. Errant dans les rues il se retrouve chez le marchand de partitions Maurice Schlesinger.[98] Un certain Monsieur Schutter, critique musical anglais, fait alors une apparition dans la boutique, puis ressort. « Qui est ce monsieur ? » demande le compositeur à l'éditeur. Ce dernier s'écrie alors « en se frappant le front : — Oh !

---

97 Gustave Flaubert, Madame Bovary, tome 1, Michel Levy frères, libraires éditeurs, Paris 1857 p. 76
98 Hector Berlioz, Mémoires, tome 1, Garnier Flammarion 1969 p. 284

Une idée [...] Donnez-moi [un billet pour] une loge, Schutter connaît Miss Smithson, je le prierai de porter vos billets de l'engager à assister à votre concert. Cette proposition [...] fit frémir [Berlioz] de la tête aux pieds. Mais [il] n'eut pas le courage de la repousser, et il donna la loge. Schlesinger courut après M. Schutter, le retrouva, lui expliqua sans doute l'intérêt exceptionnel que la présence de l'actrice célèbre pouvait donner à cette séance musicale, et Schutter promit de faire son possible pour l'amener. »[99] A l'issue de ce concert, on présenta Harriet Smithson à Berlioz. Ils s'épousèrent. On sait également que Maurice Schlesinger fut à l'origine des premières rêveries amoureuses de l'adolescent Gustave Flaubert, en août 1836, à Trouville. Il était tellement fasciné par la beauté d'Élisa, qu'il ne cessait dès qu'il allait sur la plage d'aller caresser « le chien des Schlesinger, un terre-neuve dénommé Néro. Il l'attirait par ses caresses, lui faisait des colliers de ses bras, lui murmurait mille tendres folies. »[100]

Le jeune Flaubert savait-il que Maurice Schlesinger était celui qui avait présenté Harriet à Hector ? Quoiqu'il en soit, évoquant ses amours de quinze ans dans L'Éducation sentimentale, il place dans l'esprit du héros Frédéric des rêves de symphonies :
« Frédéric ces derniers temps n'avait rien écrit ; ses opinions littéraires étaient changées : il estimait par dessus tout la passion : Werther, René [...] et d'autres plus médiocres l'enthousiasmaient presque également. Quelquefois la musique lui semblait la seule capable

---
99 Hector Berlioz, Mémoires, tome 1 Garnier Flammarion 1969 p. 284
100 Alfred Colling, Gustave Flaubert, Libraire Arthème Fayard 1941 p. 36

d'exprimer ses troubles intérieurs ; alors il rêvait de symphonie. »[101] Pour Frédéric, l'amoureux de Marie Arnoux (Flaubert amoureux d'Élisa Schlesinger) la ville de Paris devenait alors un bruissement symphonique : « Toutes les rues conduisaient à sa maison ; les voitures ne stationnaient sur les places que pour y mener plus vite ; Paris se rapportait à sa personne, et la grande ville avec ses voix bruissait, comme un un immense orchestre autour d'elle. »[102]

Frédéric désespérait d'y ajouter sa propre note. « Il enviait le talent des pianistes, les balafres des soldats. »[103] Gustave quant à lui fait tous les efforts possibles pour donner à son Éducation sentimentale une allure symphonique, il multiplie les orchestrations :
« Les musiciens, juchés sur l'estrade, dans des postures de singes, raclaient et soufflaient impétueusement. Le chef d'orchestre, debout, battait la mesure d'une façon automatique. On était tassé, on s'amusait ; les brides dénouées des chapeaux effleuraient les cravates, les bottes s'enfonçaient dans les jupons, tout cela sautait en cadence… »[104]

Frédéric se retrouve entraîné par ce rythme effréné, enchanté par le chant de Marie Arnoux : « au-dessus de leur tête une roulade éclata ; Madame Arnoux, se croyant seule, s'amusait à chanter. Elle faisait des gammes, des trilles, des arpèges. Il y avait de longues notes qui semblaient se tenir suspendues ; d'autres qui tombaient précipitées comme des gouttelettes d'une cascade ; et sa voix, passant par la jalousie coupait le

---
101 Gustave Flaubert, L'Éducation sentimentale, Folio p. 33
102 Gustave Flaubert, L'Éducation sentimentale p. 87
103 Gustave Flaubert, l'Éducation sentimentale p. 87
104 Gustave Flaubert l'Éducation sentimentale p. 90

grand silence et montait vers le ciel bleu. »[105]
En lisant l'Éducation sentimentale, Onésime Dubois donnait un sens nouveau à l'expression que Flaubert avait eue dans une lettre à Louise Colet : « Il y a du vent dans la tête des femmes comme dans le ventre d'une contrebasse. »[106] Chaque nouvelle rencontre féminine provoque chez Frédéric une nouvelle vibration harmonique. Hésitant entre Marie et Rosanette, il hésite entre le violon et la contrebasse : « La fréquentation de ces deux femmes, faisait dans sa vie comme deux musiques : l'une folâtre, emportée, divertissante, l'autre grave, presque religieuse ; et vibrant à la fois elles augmentaient toujours, et peu à peu se mêlaient. »[107] Les péripéties politiques se font également musicales. La révolution de 1848 devient sous la plume de Gustave Flaubert une composition musicale de Pierre Shaeffer.
« Et le délire redoublait son tintamarre continu des porcelaines brisées et morceaux de cristal qui sonnaient en rebondissant comme des lames d'harmonica. »[108] L'harmonica dont il s'agissait ici n'était pas, bien entendu ce petit instrument à vent popularisé par la musique « country » ou le blues, il s'agissait de cet instrument du XVIIIe siècle (dit également « orgue de cristal ») inventé par Benjamin Franklin. C'était un instrument dont Flaubert raffolait. Dans Bouvard et Pécuchet, il lui donnait à nouveau un rôle à jouer. Bouvard et Pécuchet s'improvisaient médecins musicos-thérapeutes :
    « Ils se contentèrent d'un harmonica et le

---
[105] Gustave Flaubert L'Éducation sentimentale p. 99
[106] Gustave Flaubert Correspondance, Lettre à Louise Colet 8 Juillet 1852.
[107] Gustave Flaubert, L'Éducation sentimentale p. 165
[108] Gustave Flaubert, L'Éducation sentimentale p. 316

portaient avec eux dans les maisons ce qui réjouissait les enfants. Un jour que Migraine était plus mal ils y recoururent. Les sons cristallins l'exaspérèrent ; mais Deleuze ordonne de ne pas s'effrayer des plaintes, la musique continua : — « Assez ! assez ! Criait-il.

— Un peu de patience, répétait Bouvard. Pécuchet tapotait plus vite les lames de verre, l'instrument vibrait, et le pauvre homme hurlait… »[109]

Le Glass Harmonica avait été tellement révolutionnaire au XVIIIe siècle, qu'à la fin du XIXe siècle, les provinciaux, continuaient à en trouver le son difficilement supportable. De grands musiciens s'étaient toutefois intéressés à lui. W.A. Mozart et Beethoven ont composé pour lui. Madame de Staël évoque les beautés du Glass Harmonica dans le chapitre consacré à la littérature nordique de son ouvrage « De la littérature » :

« Le frémissement que produisent dans tout notre être de certaines beautés de la nature est une sensation toujours la même ; l'émotion que nous causent les vers qui retracent cette sensation a beaucoup d'analogie avec l'effet de l'harmonica. L'âme, doucement ébranlée, se plaît dans la prolongation de cet état aussi longtemps qu'il est possible de le supporter. Et ce n'est pas le défaut de poésie, c'est la faiblesse de nos organes qui nous fait sentir la fatigue au bout de quelque temps ; ce qu'on éprouve alors, ce n'est pas l'ennui de la monotonie, c'est la lassitude que causerait le plaisir trop continu d'une musique aérienne. » Le plaisir de cette musique aérienne, Gustave Flaubert avait eu la chance de l'éprouver en Corse, à l'audition d'un duo de glass harmonica et

---

109 Gustave Flaubert, Bouvard et Pécuchet, Éditions Conard 1928

contrebasse.

Onésime Dubois expliquait que Flaubert en avait gardé une conception littéralement révolutionnaire et expérimentale de la musique. La révolution de 1848 devenait sous sa plume de la « musique concrète » : « Le palais regorgeait de monde. Dans la cour intérieure sept bûchers flambaient. On lançait par le fenêtre des pianos, des commodes, des pendules. »[110]

Bien avant les fondateurs de la « musique concrète » et des expériences électro-acoustiques Flaubert avait pensé à enregistrer la chute d'un piano et d'une pendule, la nuit, sur le pavé de Paris, sur un accompagnement de feu qui crépite : un son qui évoque, par anticipation, le crachotement des gramophones. Pour fuir les féroces percussions de cette sauvage musique urbaine, Frédéric se réfugiait dans la forêt de Fontainebleau. Le fracas s'éloignait : "Quelquefois, on entendait tout au loin les roulements de tambours […] ah tiens, l'émeute disait Frédéric avec une pitié dédaigneuse."[111]

Certains ont cru pouvoir conclure de ce passage que Flaubert n'aimait pas les batteries de jazz, on peut juste en déduire qu'il n'adorait pas la musique militaire. Il préférait certainement Berlioz, l'évocation de la forêt de Fontainebleau en apporte une illustration supplémentaire : « La diversité des arbres faisait un spectacle changeant. Les hêtres à l'écorce blanche et lisse entremêlaient leurs couronnes ; les frênes courbaient mollement leurs glauques ramures ; dans les cépées de charmes, des houx, pareils à du bronze se hérissaient ; puis, venaient une file

---
110 L'invasion des Tuileries en 1848 in Gustave Flaubert,
   L'Éducation sentimentale, Folio p. 317
111 Gustave Flaubert, l'Éducation sentimentale p. 355

de minces bouleaux, inclinés dans des attitudes élégiaques ; et des pins symétriques comme des tuyaux d'orgue, en se balançant continuellement semblaient chanter. Il y avait des chênes rugueux, énormes, qui se convulsaient, s'étiraient du sol, s'étreignaient les uns les autres, et, fermes sur leurs troncs, pareils à des torses, se lançaient avec leurs bras des appels de désespoirs, des menaces furibondes, comme un groupe de titans immobilisés dans leur colère. »[112]

Pour Onésime Dubois, ces hêtres à l'écorce blanche et lisse, c'était des violons, ces frênes courbant leurs ramures, c'était des clarinettes, ces houx pareils à du bronze qui se hérissaient, c'était « La Marche au Supplice », les minces bouleaux inclinés dans des attitudes élégiaques, c'était « La Valse », ces chênes rugueux, énormes qui lançaient avec leurs bras des appels de désespoirs, c'étaient évidemment les contrebasses (dont les « cris de naufragés » avaient déjà été évoqués dans « Madame Bovary »). Quant aux tuyaux d'orgue, Onésime Dubois promettait d'en reparler.

En rentrant à Paris, Frédéric était accueilli par un orgue de barbarie : "[L'épouse d'un préfet de Louis Philippe] tremblait extrêmement, car elle avait entendu tout à l'heure sur un orgue, une polka, qui était un signal des insurgés." En 1848 la Polka était en effet une musique très à la mode. Elle s'était introduite en France dans les années 1840. Si on se replace dans le contexte de l'époque, une polka devait être comprise par une épouse d'ancien préfet d'alors, comme la musique « yéyé » est comprise par les épouses d'anciens préfets aujourd'hui.[113]

---

112 Gustave Flaubert, L'Éducation sentimentale p. 352
113 À ce détail, on remarque bien la date à laquelle la thèse de Monsieur Onésime Dubois a été soutenue.

Le Dictionnaire Universel Bouillet des Lettres, des Sciences et des Arts, imprimé à Paris en 1857 donne une définition de la Polka qui la replace bien dans son contexte : "Abréviation de Polacca (Polonaise), espèce de danse d'origine polonaise importée en France vers 1840 ; elle est encore en grande vogue ; mais elle s'est beaucoup modifiée, et elle n'est plus ce qu'elle était d'abord : c'est aujourd'hui une espèce de valse à quatre temps ; elle se fond quelquefois, sous le nom de Polka Mazourque, avec la mazourka, autre danse polonaise." Gustave Flaubert avait d'excellentes raisons d'aimer particulièrement la musique polonaise. À Rouen, la famille Flaubert était en effet amie avec un certain Orlowski directeur de l'opéra de Rouen, musicien d'origine polonaise. Il l'évoque dans sa correspondance (le 3 mars 1850) alors qu'il jouait à l'aventurier intrépide sur le Nil :

« A propos de bêtes féroces, aujourd'hui nous avons vu, pour la première fois plusieurs crocodiles. Max en a tiré plusieurs et n'en a tué aucun ; C'est fort difficile à cause de l'extrême pusillanimité de cette grosse bête qui ne fait aucun bruit.

De temps en temps on rencontre une cange qui descend vers Le Caire […] Il y a quelques jours à Benissouef nous sommes ainsi monté à bord d'une cange où voyageait un certain Monsieur Robert du Dauphiné, en compagnie d'un polonais dont j'ai bien entendu oublié le nom en sa qualité de nom polonais. Quand il a su le mien, il s'est mis à me dire : 'Ah ! Monsieur vous portez le nom d'un homme que j'ai bien connu (cela m'a fait dresser les oreilles) ; j'ai connu un célèbre médecin qui s'appelait comme vous.' etc. Lui ayant dit que c'était mon père, il m'a fait beaucoup de politesses et de compliments.

Ce polonais a habité Neufchâtel, m'a demandé des nouvelles de plusieurs familles de Rouen ; il connaît Orlowski. »[114]

Cet Orlowski avait été professeur de musique de Caroline Flaubert, la petite sœur de Gustave. En 1846 Gustave Flaubert appuiera la candidature d'Orlowski à l'opéra de Paris : "Un de mes amis, un homme de talent vrai et sérieux que l'on appelle Orlowski. Il a été premier alto à l'Opéra Comique, chef d'orchestre à Rouen où il a monté « La Juive » de telle façon qu'il s'est acquis, de ce jour-là, la protection et l'amitié d'Halévy, qui va appuyer sa demande. Il est venu en France comme premier prix du Conservatoire du Varsovie.

C'est un artiste possédant à la fois les partitions étrangères et une vraie nature musicale qui va se perdre et pourrir en province. Aussi ce n'est pas un sot que je vous recommande, ou plutôt, c'en est un ! Car le pauvre garçon manque absolument de chic, qualité indispensable pour réussir à Paris ; et il restera à la porte, avec toute sa science musicale (tout son génie, peut-être !) tandis qu'on lui préférera quelque aimable monsieur, compositeur de romance andalouses. »[115]

Bref, sous l'influence d'Orlowski, Gustave Flaubert devait aimer cette polka sous laquelle s'effondrait l'ordre ancien.

Dans L'Éducation sentimentale, cet ancien régime est incarné par un notable : Monsieur Dambreuse, directeur d'une société de charbonnage. Il avait fait fortune sous le

---

[114] Gustave Flaubert, Correspondance, Lettre du 3 mars 1850 tome 1 p. 174

[115] Gustave Flaubert, Lettre à Pradier du 21 Septembre 1846 citée par Hélène Frejlich in Flaubert d'après sa correspondance p.p. 215-216

règne de Louis-Philippe que la révolution de 1848 venait de renverser. Monsieur Dambreuse meurt, l'enterrement a lieu à l'église de La Madeleine aux sons des grandes orgues (c'est la forêt de Fontainebleau qui envahit Paris…), mais pas seulement : « A part quelques uns, l'ignorance religieuse de tous était si profonde que le maitre des cérémonies, de temps à autre leur faisait signe de se lever et de s'agenouiller, de se rasseoir. L'orgue et deux contrebasses alternaient avec les voix, dans les intervalles de silence, on entendait le marmottement d'un prêtre à l'autel, puis la musique et les chants reprenaient. »[116]

    Onésime Dubois assurait que le morceau en question devait être le Duo pour concertant pour deux contrebasses et orgue symphonique de Giovanni Bottesini : « Passionnée la mort osa ». Il assurait que Gustave Flaubert avait mentionné la chose dans ses brouillons, mais il ne donnait aucune source. Salammbô grimaça (ce qui avec sa jolie figure lui donnait encore un air resplendissant), en se disant que cet Onésime Dubois avançait ses raisonnements avec un peu de légèreté. A ce moment un petit livret d'une vingtaine de pages, imprimées sur un mauvais papier cassant comme on les fabriquait vers 1860 glissa de derrière une feuille du mémoire universitaire d'Onésime Dubois. Sur la couverture de ce livret on pouvait voir une gravure qui représentait deux individus. Ils étaient presque collés l'un à l'autre. Celui de droite était vêtu à la manière d'un amiral tels qu'ils étaient costumés vers 1500. Il avait la tête auréolée d'une espèce de lumière. Un foulard était noué autour de son cou, comme ceux des cow-boys dans

---

[116] Gustave Flaubert, L'Éducation sentimentale p. 408

les westerns. Une ceinture ou plutôt une étoffe lui serrait la taille et tenait fermé son vêtement qui lui arrivait à mi-cuisse. Il n'avait plus de souliers. Au-dessus de cette image, on pouvait lire le titre « Le Dom Juan Somnambule ou la chute du pont ». Mais derrière la vitre de son bureau apparut soudain une tête d'homme, une tête hâlée, à favoris noirs qui souriait férocement d'un large sourire à dents blanches : Georges Astulf.

Salammbô se leva pour aller voir ce qu'il voulait. Il lui expliqua qu'il fallait absolument qu'elle aille en salle de lecture. Elle s'y rendit. Quand elle remonta. Le mémoire d'Onésime Dubois « Flaubert et la musique » avait disparu…

Juste au moment où Salammbô ressortait de son bureau, furieuse, Marylin réveilla Charles en miaulant :
« *A kiss on the hand may be quite continental*
But diamonds are the girls best friends... »[117]

Le chat noir contempla sa compagne. « Charles finissait par s'estimer davantage de ce qu'il possédait une telle femme. »[118] Elle était belle. Mais il craignait qu'elle ne finisse par lui revenir cher, avec ses goûts de luxe. Agacé, quelque peu lassé, il quitta donc la maison d'Édouard Charbovari.

---

[117] Un baisemain est peut-être très continental, mais les diamants sont les meilleurs amis des filles… Célèbre chanson de Jules Styne et Leo Robyn popularisée par Marylin Monroe dans le film d'Howard Hawks « Les Hommes préfèrent les blondes » (1953) d'après le roman d'Anita Loos.

[118] Gustave Flaubert, Madame Bovary (œuvres complètes dans La Pléiade tome 1 p. 329)

Chapitre X

Gaétan Bottesini avait les cheveux de la même couleur que le pardessus qu'il portait en toutes saisons : gris. Il habitait une maison qui avait appartenu à l'arrière-petite-fille de la cousine-issue-de-germain d'une belle-sœur de Gustave Flaubert. Sa vie se déroulait dans une régularité extrême. Sur les vingt-quatre heures de sa journée, invariablement, il en passait dix chez lui, soit pour dormir, soit pour faire sa toilette, soit pour manger, soit pour écrire dans un bureau où il restait quelque chose de l'odeur de l'arrière-petite fille de la cousine-issue-de-germain d'une belle-sœur de Gustave Flaubert. Cette dame raffolait des canetons rôtis à la mode de Duclair. Il régnait donc dans la maison quelques restes de l'odeur des canetons rôtis à la mode de Duclair.

Pour échapper à cette odeur, mais également tout simplement pour vivre, Gaétan Bottesini passait le reste de sa journée dans son bureau des spéculations indirectes à la banque Routhynet-Vitable. Là, dans une pièce aux vitres fumées, il se livrait à des opérations financières d'un emberlificotage à faire frire les cheveux sur la tête. Il était très compétent dans son domaine. Personne d'autre n'aurait pu l'expliquer. On savait simplement qu'il passait son temps à compter, à calculer, à comparer les taux d'intérêts.

Il observait les marchés, les SICAV, les hors-cote, les bourses de Paris, Tokyo, Madrid, Londres, New York, Hong-Kong…

Ce travail était absorbant. Il fournissait donc à Gaétan Bottesini son unique centre d'intérêt. Point de loisirs coûteux dévoreurs de temps, il se contentait de quelques promenades entre son salon et son bureau dans son vestibule, mais c'était tout. Les frottements retardent, il ne se frottait donc à personne. Un jour pourtant, lors d'un week-end prolongé, il avait participé à un jeu radiodiffusé. La question du jour était posée par Monsieur Pierre Chaillot, Place du Palais à Avignon. Qui (en quelle année ?) avait édité « Le Nouvel abrégé des Sciences et des Arts, ouvrage destiné à faire connaître par écrit l'état actuel des connaissances humaines orné d'un grand nombre de figures » ? L'éditeur était Lebigre Frères, rue de la Harpe n° 26 à Paris et l'ouvrage avait été imprimé en 1834. Gaétan Bottesini connaissait la réponse, et il l'avait donnée clairement, avec une tranquillité, une assurance qui avait suscité des applaudissements nourris de la part du public assistant à l'émission.

À la surprise générale, il s'était donc vu attribuer le premier prix : une Jaguar grise (comme son pardessus), mais pas n'importe quelle Jaguar, une Jaguar Type E. Ce jour là il s'était permis une fantaisie, il avait invité l'équipe de l'émission au restaurant. À la fin du repas, il avait voulu faire un discours : « Messieurs, je n'ai pas l'habitude des grands discours. Mais étant donné l'intensité de l'événement que nous venons de vivre tous ensemble devant les caméras, vous voudrez bien me permettre de faire une petite déclaration. Jusqu'alors, j'avais toujours roulé en Dina Panhard. Je m'y étais habitué. Elle était jaune, elle sentait l'huile, mais c'était mon automobile. Certes, c'est bien peu de choses, mais on s'habitue à ces petits détails qui forment un environnement quotidien. On me répliquera peut-être que l'on roule mieux dans d'autres voitures. Messieurs je… je…. je…. Qu'ai-je fait pour passer d'une Panhard jaune qui sent l'huile à une Jaguar grise aux sièges cuirs ? Je… je… je… suis très ému, c'est le rêve de ma vie… »

Il s'était assis le cœur battant, et n'avait plus jamais fait d'entorse à la régularité de sa vie répétitive et organisée entre la banque Routhynet-Vitable et son bureau où il écrivait secrètement sur des feuillets qu'il ne montrait jamais. Tous les matins à huit heures quinze précises, il quittait son domicile, se rendait dans son garage rue Pitry, à l'angle de la rue des Deux Anges, pour rejoindre sa Jaguar grise. Il l'admirait tous les jours, mais à chaque fois un peu moins, car il s'y habituait tous les jours un peu plus. Il s'affalait sur la banquette en cuir véritable, il allumait une radio où il était assuré d'avoir 70 % de musique prévisible, 10 % d'actualités suffisamment résumées et 10 % de publicités avenantes. Il appuyait sur son accélérateur et sortait de sa torpeur.

Graziella Flobbaire avait les cheveux de la même couleur que les blés qui rient sous le soleil les radieux matins d'été. Ils étaient blonds. Elle avait de grands yeux verts, naïfs, prêts — apparemment — à se réjouir de tout ce qu'on pouvait lui raconter. Elle avait des dents merveilleuses, comme des amandes fraîches, qui mordaient ses lèvres écarlates, prêtes à sourire en toutes occasions. Elle était toujours vêtue de vêtements dont le style exquis ne pouvait naître que du mariage entre le bon goût et l'improvisation. Elle possédait une guitare qu'elle ne quittait jamais.

C'était une guitare en bois d'épicéa qu'elle avait trouvée chez un antiquaire à Florence, et qui avait, disait-elle, appartenu à quelqu'un qui descendait d'une famille dont quelques membres — dit-on — auraient connu

Dante Alighieri. Elle ne jouait que très passablement de son instrument. Elle avait tenté d'en apprendre la technique avec la méthode d'Henri de Vadebarrano (1547). Elle l'avait lue une dizaine de fois de suite durant un mois de décembre particulièrement froid. Mais elle avait dû renoncer à devenir une virtuose de la guitare. Elle en jouait tout de même suffisamment pour pouvoir s'accompagner, car elle chantait avec une justesse naturelle, et avait cette imagination musicale qui lui permettait d'improviser des mélodies en quelques instants sous l'impression des sentiments que lui inspirait l'atmosphère qui l'entourait. Comme son instrument à six cordes dont le nom provient du mot grec signifiant lyre (Cithare), Graziella était d'origine grecque avec — si l'on veut être précis — des ascendances Andalouso-bourguigno — mexicano-normande clairement attestée par la couleur de ses cheveux. Elle faisait partie de ces personnes qui conquièrent le monde entier par le simple pouvoir de leur sourire et de leur voix. Existe-t-il un pays où l'on ignore la guitare ? Consciente d'avoir la terre entière à sa portée, Graziella sortait donc tous les matins sa guitare, pour lui faire prendre l'air, comme d'autres promènent leur chien, mais avec infiniment plus de grâce, car une guitare et un chien ce n'est pas tout à fait la même chose. En la croisant, plus d'un passant ne pouvait que se dire en son for intérieur : « Oh merci ma jolie dame, vous m'avez mis de bonne humeur pour la journée. »

    Tous les matins, en balançant sa guitare au bout de son bras gracieux, Graziella montait la rue Poussin, prenait la rue Pitry, et redescendait la rue des Deux Anges jusqu'à la rue Coignebert pour rejoindre les jardins de l'Hôtel de Ville. Bien souvent, il lui arrivait de croiser ce petit monsieur gris, à côté de sa voiture grise. Elle le regardait toujours d'un air étonné. Il avait l'air triste comme sa Jaguar. Pourquoi n'avait-il pas plutôt une guitare ? Elle se demandait quel cœur pouvait bien battre sous ce pardessus gris, si cet automate apathique avait une âme sensible aux beautés de la nature, au sublime, aux appels de sourire qu'elle lui lançait des deux yeux.

Qui était ce personnage, pour avoir cette bouche en forme de soustraction, ces rides en forme d'addition, ces dents en forme d'équation, et ce front sévère comme un taux de crédit ?

Gaétan Bottesini faisait beaucoup moins attention à Graziella Flobbaire que Graziella ne faisait attention à lui. C'était comme s'il ne voyait pas sa guitare, comme si elle lui apparaissait grise comme les murs.

Que pouvait représenter à ses yeux un champ de blé balançant une guitare ? Rien à voir avec une Jaguar grise ni avec les cours de la bourse. Comment était-il possible d'être aussi insouciant ? Pouvait-on gouverner le monde avec une guitare ? Trop épris d'admiration pour sa Jaguar, Gaétan n'avait pas encore eu l'idée d'être sensible à la poésie de Graziella. Et pourtant il aurait pu, avec ce qu'il écrivait dans son bureau. Mais ce qu'il écrivait ne sortait pas de son tiroir.
Insensiblement, cependant, un léger déplacement se produisait dans l'esprit de Gaétan. Au fur et à mesure qu'il accordait une moindre attention à sa Jaguar, il remarquait de plus en plus entre les murailles grises de la rue Pitry, ces longs cheveux blonds, ces grands yeux verts, ces dents en forme d'amandes mordant ces lèvres écarlates toujours prêtes à rire.

Un jour, sous son pardessus gris, son cœur donna

un grand coup. Alors il retint sa respiration et plongea dans le lagon des deux grands yeux verts. Graziella s'en aperçut. Alors elle le regarda en riant, en l'éblouissant de son étincelant sourire d'amandes blanches. Elle était sûre qu'il allait dire un mot, alors elle avait ralenti le pas, pour lui permettre de lancer sa phrase. Mais Gaétan se taisait. Alors elle tourbillonna avec sa guitare, en riant de plus belle. Puis elle le regarda de ses deux grands yeux verts qui riaient silencieusement. Et comme Gaétan ne disait toujours rien. Elle finit par lancer :

— Monsieur ! Monsieur ! Il y a un lapin sous votre voiture !

Et elle descendit la rue des deux Anges. Son rire clair la suivait. Gaétan Bottesini demeura imbécile, contemplant les dessous de son pot d'échappement en y cherchant le lapin qui bien sûr n'y avait jamais été.

Et tandis qu'il restait pétrifié par l'absence de lapin, le rire clair dévalait la rue des deux Anges en balançant sa guitare.

Graziella tourna à gauche, rue de la Roche, longea une maison dont le rez-de-chaussée était en bois, peint en bleu. Au-dessus de la vitrine, on pouvait lire « Pâtisserie », en lettres blanches. Cette maison était située à l'angle de la rue Saint-Nicaise et de la rue de la Roche. Celle-ci était perpendiculaire à la rue Poussin tandis que la rue Saint-Nicaise prolongeait la rue Poussin en un léger décalage vers la gauche. On apercevait, un peu plus bas, un haut clocher en béton, des années trente.

En balançant sa guitare, Graziella s'engagea dans la rue Saint-Nicaise. Elle donnait l'impression d'être plus étroite encore que la rue Poussin. Elle descendait entre deux alignements de bâtisses vieillies et biscornues. À droite, en haut de la rue, la maison qui affichait « Pâtisserie » sur la rue de la Roche, était désignée par « Boulangerie » dans la rue Saint-Nicaise. Sur la porte on pouvait lire : dépôt de pains, chambre d'hôtes. Sur la façade suivante, quelqu'un avait peint deux petites fleurs bleues. Cela fit rire Graziella :

— Ce n'est pas avec la tête de ce petit monsieur gris que je vais être fleur bleue aujourd'hui… chantonnait-elle, en sautillant, ce qui faisait balancer sa chevelure de droite à gauche, puis de gauche à droite. À mi-côte, le clocher se dressait de toute sa hauteur à côté d'une façade d'église, lisse comme on savait les faire dans les années mille-neuf-cent-trente, un style qui quatre-vingts ans plus tard paraissait joliment industriel. Graziella éprouvait toujours une impression esthétique mélangée en passant à l'ombre de cette façade. Elle paraissait d'autant plus gigantesque que la rue était étroite. Au-dessus de statues raides et austères, on pouvait lire une inscription sculptée dans des caractères dont le charme était délicieusement rétro : « S.N. » il suffisait de rajouter « CF » pour la transformer en gare de chemin de fer.

Çà et là, devant les façades traînaient de grosses poubelles en plastique, montées sur roulettes. On pouvait y lire l'inscription « Métropole Rouen-Normandie ».

Graziella traversa une rue très étroite. Sur le panneau fixé sur un mur à pans de bois joliment irrégulier, elle lisait : Amable Floquet (1797-1881). « Avait-il aussi une tête de petit monsieur gris celui-là. ? » se demandait-elle. « Qui était-il donc ce monsieur ? » se répétait-elle à chaque fois qu'elle passait devant ce panneau. Elle se promettait de vérifier dans le

dictionnaire. Mais arrivée à la maison, elle oubliait.
La rue descendait en direction de la façade d'un immeuble de cinq étages qui surmontait un petit centre commercial. Plus on descendait, plus la chaussée était étroite. Le vent s'engouffrait, froid, humide. En bas de la rue, il y avait un bar. Il semblait toujours fermé, son nom intriguait : « Le domino d'argent »... Sur l'un de ses volets, une tête de mort était peinte, une inscription : « Kill » en soulignait la signification. « Ce n'est pas la peine de lire des livres », se répétait souvent Graziella. En se promenant dans les rues, en contemplant les façades, c'est comme si on tournait les pages d'un palpitant roman. »

  La rue Saint-Nicaise, débouchait sur la rue Bourg l'Abbé. Graziella tourna à droite jusqu'à une maison dont la façade étroite semblait vouloir mimer un château. Ses deux petites ailes étroites qui enserraient une petite cour minuscule. Elle s'engagea sur sa gauche, laissant derrière elle cette maison étrange. Elle marchait à présent dans la rue de l'Abbé de l'Épée. C'était une impasse. Elle débouchait sur un vaste parc : les jardins de l'Hôtel de Ville, un espace vert respirant largement, arborant une élégance très urbaine sous la façade de l'Hôtel de Ville, au chevet de l'Abbatiale Saint-Ouen : une haute et belle église gothique, impressionnante par ses proportions. Au centre du parc, un bassin circulaire accueillait une figure mythologique qui lançait des jets d'eau. Sur un banc, une jeune femme captivante était captivée par la lecture d'un petit livre : « Ramsès au pays des points-virgules ». Il y avait dans son regard de cette lectrice une lumière sereine qui fascinait. Était-ce le livre qui lui donnait ce regard magnifique ? Ou est-ce parce qu'elle avait ces yeux splendides qu'elle lisait ce livre ? Graziella lui lança un regard amical. La lectrice leva les yeux ; répondant par un de ces sourires éclatants qui effacent tous les nuages.

Graziella, fut prise comme une envie de danser : « Votre sourire, Mademoiselle, a la force silencieuse d'un point-virgule swinguant ! » Elle aurait voulu le lui chanter cela en s'accompagnant de sa guitare. Mais les choses les plus simples sont les plus difficiles à dire. Graziella n'avait fait que penser cette phrase. Elle entra dans le hall de l'hôtel de ville, en ressortit sur l'esplanade, au milieu de laquelle Napoléon chevauchait un cheval qui se cabrait. Il tenait la bride d'une main, de l'autre il agrippait son bicorne. Elle le contempla d'un air moqueur. Il y avait encore matière à chanson. Alors elle s'adressa à l'empereur en pensée :

— « Comment fais-tu pour ne pas tomber de ton cheval, toi ? Et puis d'abord d'où vient ton chapeau ? Il est bien trop petit pour ta tête !!! Et puis, pourquoi d'abord t'ont-ils fait une aussi grosse tête ? Qu'est-ce qu'ils ont caché à l'intérieur, un trésor ? »

Graziella tourna sous les sabots du cheval en lui faisant une grimace comique puis longea la façade de l'abbatiale Saint-Ouen. Sur la pelouse, on pouvait lire une inscription : « attention chute de pierres… » Elle regarda les gargouilles qui semblaient ne pas vouloir dégringoler et continua son chemin. Elle traversa la rue des faulx, s'engagea dans la rue de la République, tourna à droite dans une sente, presque un couloir qui serpentait entre de vieilles façades : la rue du petit mouton. Elle déboucha dans la rue des boucheries Saint-Ouen, tourna à droite sur la place du Lieutenant Aubert, continua dans la rue Damiette. En balançant sa guitare, elle y avançait d'un pas sautillant jusqu'à la vitrine du Café Librairie ici & ailleurs, poussa la porte d'un air joyeux. En lançant :

— Bonjour ! Est-ce qu'il y a un atelier d'écriture cet après-midi ?

— Oui, à quatorze heures trente, lui répondit la jeune femme derrière le comptoir en souriant, vous prendrez votre thé habituel ?

Graziella adorait ce Café. Un endroit chaleureux où elle aimait venir savourer à toute heure du jour, un thé Oolong (dit également dragon noir) produit sur l'île de Formose. Elle le savourait en lisant un des nombreux livres mis à la disposition des clients. Ce jour-là Graziella le savoura avec d'autant plus de plaisir qu'elle allait revenir l'après-midi pour cultiver le plaisir d'écrire. Elle aimait inventer de nouvelles chansons. Après avoir savouré son thé, elle alla à nouveau flâner dans les jardins de l'Hôtel de Ville. La captivante lectrice de « Ramsès au pays des points-virgules » était toujours sur son banc. Elle avait presque terminé sa lecture. À ses pieds un chat noir à l'air espiègle, portant un drôle de chapeau melon méditait. Il tenait entre ses pattes « L'île à hélice » de Jules Verne. Lisait-il réellement ? « Il en est bien capable ! » songea Graziella qui avait reconnu Charles Hockolmess. Les pattes posées sur le livre ouvert il rêvait à la « puissance d'une sonate cacophonique »[119]. Graziella fit alors plusieurs fois le tour du parc en écoutant le bruissement des conversations, la musique des mots. Elle tenta de tout garder en mémoire pour alimenter son atelier d'écriture. Il fut, ce jour-là particulièrement joyeux, fécond. Graziella revint chez elle heureuse. Dans la rue Pitry, elle croisa à nouveau le petit monsieur gris. Il lui

---

119 Titre du chapitre II de « L'île à hélice » de Jules Verne.

parut moins triste. Il lui adressa même un sourire. Ils se parlèrent. Gaétan Bottesini expliqua à Graziella qu'il travaillait à la banque Routhynet-Vitable, et que le soir en rentrant chez lui, il écrivait...

— Quoi ? demanda Graziella.

— Oh ! un peu de tout, des poèmes, des nouvelles, des mots posés sur le papier...

— Et le théâtre, vous écrivez du théâtre ? Je suis chanteuse, et un peu comédienne aussi, le théâtre ça m'intéresse, vous devriez écrire du théâtre ! Il faut absolument écrire pour la scène. Montons un spectacle ! Avec l'Armada de Rouen, le rassemblement de grands voiliers, il aura plein de touristes, il ne faudrait pas qu'ils s'ennuient.

Alors Gaétan accepta sa proposition. Ils décidèrent même de vivre ensemble, place des Carmes, juste au-dessus de la statue de Gustave Flaubert. Trois mois plus tard, Gaétan Bottesini avait terminé l'écriture de la pièce. Il l'avait lue à Graziella qui en fut enthousiasmée. Elle persuada le metteur en scène (et inspecteur de police) Édouard Charbovari de se joindre à leur projet. Ensemble ils avaient frappé à toutes les portes. La pièce s'appelait « Le Requin et la sirène ». Édouard proposa de changer le titre. Graziella à force de démarches, de discussions et d'insistance avait fini par obtenir de faire une animation sur le pont Gustave Flaubert, le 14 Juillet 2017 au soir. Pour la circonstance, on changea le nom de la pièce et on l'intitula : « Le Dom Juan Somnambule ou La chute du Pont ».

Graziella composa quelques chansons intégrée dans le spectacle. Les autorités municipales furent enchantées de programmer cette pièce, suffisamment légère pour être facile à financée.

— Peu de frais, mais la pièce est fraîche ! avait lancé un élu pour le plus grand bonheur des journalistes.

Cette pièce fraîche, à savourer pour l'été, était co-signée Gaétan Bottesini et Graziella Flobbaire. Ils en étaient également les acteurs, ainsi qu'Édouard Charbovari s'était attribué le troisième rôle outre celui de metteur en scène. Ce soir-là le vent soufflait. Graziella et Gaétan répétaient leurs rôles chez eux. La tempête charriait avec elle de lourdes trombes d'eau. Les volets cognaient. Ils s'ouvraient se refermaient, claquaient.

Dans leur salon tranquille et paisible malgré l'agitation extérieure, Graziella répétait la dernière scène, celle où elle devait apparaître en guenilles, accrochée à un pilier du pont. C'était une scène dramatique. Elle la répétait inlassablement :

« Maitre Requin dans l'océan niché
Broyait dans ses crocs deux guiboles.
Dame Sirène, par l'odeur appâtée,
L'admire, sourit, puis rigole
Et Bonjour ! Johnny le Requin !
Que vous êtes gourmand ! Que vous êtes taquin !
Continuez mon cher, mâchouillez Dom Juan
Est-il un bon chewing-gum ? N'est-il point trop gluant ?
Vous ne redoutez pas de gâter votre foie ?
A ces mots le Requin ne se sent plus de joie,
Avale Dom Juan et sa cravate en soie.
La Sirène émue, lâche un baiser plein d'émoi.
Le Requin lui rendit, ils s'épousèrent.
Depuis ce jour, ils agitent l'eau de la mer,
Balançant mon rafiot qui tangue plein d'effroi,
Au secours ! Au secours ! J'ai froid ! »

À ce moment précis, à l'extérieur, une rafale de

vent, encore plus violente que les autres, cogna les volets avec force. Ils se décrochèrent, en se brisant en plusieurs morceaux.

La fenêtre s'ouvrit, une rafale de pluie s'engouffra, aspergea Graziella qui se précipita à la fenêtre. Elle vit les volets fracassés sur le trottoir.

— Ah ! zut ils ne valent plus rien maintenant.

En bas, sur la place, sous la statue de Flaubert, un homme la regardait. Elle se demanda qui était ce mystérieux individu à tête de suspect.

Chapitre XI

Dans le département de l'Ain, début d'après-midi du mercredi 12 Juillet 2017 la petite bourgade de Priay s'assoupissait. Sur la place qui en marquait le centre, on trouvait un coiffeur, une caserne de pompiers avec les pavillons de ses sirènes silencieuses. Le Bar « La Truite » était vide. En plein cœur de l'été, ces façades officielles dormaient.

Soudain des crissements de pneus se mirent à striduler. Des sirènes de police hurlaient, des coups de feu claquaient. Une grosse voiture, était entrée en trombe dans le bourg. Elle était poursuivie par une dizaine de voitures de police, et des motards, s'engouffrant dans l'impasse qui se terminait dans la rivière..

L'automobile ne pouvant traverser la rivière s'immobilisa, encerclée de forces de l'ordre. Deux individus, un gros balaise avec un petit front, un grand bossu avec des dents en moins en sortirent, armée de fusils. Ils n'eurent pas le temps de les utiliser. La Brigadière-Chef Lucie-Luc Delarue-Mardrus, de la brigade d'intervention rapide les avait désarmés d'un seul coup de feu ; miracle de la balistique. Mais la Brigadière-Chef était habituée à ce type de succès. En rangeant son revolver dans son étui, elle se récitait ce vieux sonnet que lui venait de son arrière-grand-mère :

> *« Chacun combat selon sa piste*
> *Mais seule allant de bout en bout,*
> *En ce très vieux jeu féministe,*
> *La Dame rayonne partout. »*[120]

---
[120] Lucie Delarue-Mardrus (1880-1945) Sonnet des échecs, 1926

Sans avoir eu le temps de deviner qui était l'auteur des vers qu'on leur récitait, Fulbert Astaguve et Berualf Vetusga — c'était bien d'eux dont il s'agissait — étaient menottés et maitrisés.

La Brigadière-Chef Lucie-Luc Delarue Mardrus, appela donc aussitôt le commissaire Jeton qui était resté à Rouen.

— Mission accomplie, commissaire, les deux fuyards sont en nos mains

— Formidable ! Et vous avez le vélo ?

— Non

— Les avez-vous bien fouillés ?

— Oui.

— Et vous n'avez rien trouvé sur eux ? Pas... ...de... ...vélo ?

— Non.

— Et dans la voiture ? Il n'y a aucune trace de vélo ?

— Non, juste un livre sur la banquette arrière.

— Un livre ? Rien à voir avec un vélo...

— Non.

— Non ?

— Enfin je voulais dire oui. Oui un livre n'a rien à voir avec un vélo.

— Ah... quelle misérable affaire ! On n'en sortira donc jamais ! Interrogez-les ! Il faut absolument retrouver mon vélo.

Dans le bureau du commissariat, le commissaire Jeton raccrocha le combiné d'un air maussade. Cette traque épique et coûteuse en essence, uniquement sur des routes départementales, entre Rouen et Bourg-en-Bresse, puis entre Bourg-en-Bresse et Priay, un village dont il n'avait jamais entendu parler, des véhicules de police, des motards, deux hélicoptères, une caravane digne du Tour de France, tout ça pour rien : il n'y avait pas de vélo à bord de la voiture volée par Fulbert Astaguve et Berualf Vetusga.

Le commissaire Jeton appela Jules Kostelos.

— Apparemment votre idée n'était pas la bonne. Vos deux suspects n'ont pas mon vélo.

— Ah bon ? Mais pourquoi cette fuite ? Pourquoi ce vol de voiture ? Pourquoi cette précipitation ?

— C'est peut-être plutôt à moi de vous le demander. C'est moi qui vous ai embauché pour cette enquête. Et vous êtes grassement payé.

— Avec retard commissaire, avec retard, vous savez bien.

— C'est la procédure, on n'y peut rien. La seule chose que je constate, pour le moment, c'est un gaspillage d'argent public. Les contribuables ne vont pas être contents. Il n'y avait rien dans cette voiture ! Elle était vide.

— Absolument vide ?

— Juste un livre sur la banquette arrière.

— Et c'est seulement maintenant que vous me le dites !... s'indigna Jules Kostelos, et quel est son titre ?

— Je ne sais pas, c'est un détail mineur. Ça n'a aucune importance.

— Bien sûr que si !!! hurla Jules. C'est sans doute la clef de l'énigme !!!

Pour toute réponse le commissaire bredouilla quelques borborygmes tant il était contrarié d'avoir été pris en défaut. Il lui fallut s'y reprendre à plusieurs reprises pour arriver à joindre la Brigadière-Chef. Il tomba dans un premier temps sur le commissariat de Bourg-en-Bresse qui lui répondit que Madame Delarue Mardrus étant en vacances il était impossible de la joindre. Comme il insistait en assurant qu'il venait de lui parler, son interlocuteur s'excusa en indiquant qu'il n'avait pas d'ordinateur devant lui et que par conséquent il avait pu commettre une erreur, mais que si le commissaire avait l'amabilité d'attendre quelques instants, il serait en mesure de lui apporter une réponse. Il lui demandait simplement d'avoir la patience d'attendre. Un extrait de l'« Hiver » de Vivaldi se déclencha répétitif. Après quelques répétitions dudit extrait, le standardiste reprit le combiné en expliquant que la Brigadière-Chef était en mission, une mission de la plus haute importance, il n'était donc pas possible de la déranger pour des raisons personnelles. Le commissaire expliqua qu'il n'appelait pas pour des raisons « personnelles » qu'il était commissaire de police, chargé de l'enquête qui avait justifié la mission de la Brigadière-Chef.

Le standardiste se confondit alors en excuses et lui demanda d'épeler soigneusement son nom, lui expliquant qu'il allait faire tout son possible pour qu'une procédure d'urgence spéciale soit mise en œuvre, mais qu'il ne pouvait pas prendre la décision seul. Il suggéra donc au commissaire d'envoyer un courrier électronique doublé d'un fax, car une trace papier c'était mieux pour l'archivage.

Il fallut envoyer trois fax, deux courriels donner six coups de téléphone. On finit par donner au commissaire un numéro de portable, une ligne directe confidentielle. Ce n'était pas le bon numéro. Après trois appels supplémentaires dont deux avaient abouti sur une annonce fort bien enregistrée par une comédienne professionnelle, le commissaire parvint enfin à obtenir le bon numéro. Il le composa. Lucie-Luc Delarue-Mardrus répondit.

La voiture volée avait été placée sur une dépanneuse. Il fallut la redescendre pour ouvrir la porte. La Brigadière-Chef expliqua au commissaire que ce n'était pas exactement un livre, mais plutôt un tapuscrit soigneusement relié dont ni le titre ni l'auteur n'étaient connus de la Brigadière-Chef, pas plus qu'ils ne l'étaient du commissaire. Le commissaire Jeton prit néanmoins scrupuleusement en note ce que lui avait indiqué sa collègue de manière à montrer à Jules Kostelos qu'il venait de lui faire perdre son temps.

— Allo, cher ami, l'ouvrage en question n'est qu'un vulgaire tapuscrit d'un auteur inconnu et dont l'intérêt semble bien médiocre.

— Merci de me rappeler commissaire, je commençais à m'impatienter. Un auteur inconnu ? Un ouvrage sans intérêt ? Quel en est le titre ?

— « Flaubert et la Musique » par Onésime Dubois...

— Quoi ?

— Oui, vous voyez, ce n'est pas ça qui vous mettra sur la piste de mon vélo.

Et le commissaire raccrocha. Il était énervé. Pour se rassurer, se calmer, il contempla la forme imprécise allongée à ses pieds ; la housse d'une contrebasse. À ses heures perdues, le commissaire faisait du jazz en amateur. Il avait toujours son instrument avec lui, au bureau. Alors il s'empara de sa contrebasse et commença à jouer un thème de jazz qui semblait avoir été écrit spécialement pour son instrument : « Dimanche soir »[121].

Tandis que le commissaire se délassait, Jules Kostelos était de plus en plus chiffonné : « Flaubert et la musique » par Onésime Dubois, l'ouvrage qu'il cherchait à consulter depuis le début de son enquête venait de tomber entre les mains de la police. C'était à la fois une bonne et une mauvaise nouvelle. Une bonne nouvelle parce que cela signifiait que l'ouvrage existait réellement ; une mauvaise, car il était désormais entre les mains de fonctionnaires qui ne risquaient pas de le confier à Jules Kostelos.... Comment faire ? Jules Kostelos était contrarié. Cette découverte pouvait peut-être faire avancer son enquête, mais le mémoire était inatteignable. Il décida donc de se changer les idées en prenant l'air. Les terrasses des cafés étaient remplies de badauds, de touristes, sous une lumière digne des impressionnistes. La statue de Flaubert était entourée de tables.

Jules se dirigea chez un bouquiniste. Des cartons de livres s'étalaient sur le trottoir. De vieux volumes dans un joyeux désordre : « La Fontaine Fables Edition de G. Couton, Classiques Garnier », « Antoine Albalat, La Formation du Style par l'assimilation des Auteurs quinzième édition Librairie Armand Colin 103, Boulevard Saint Michel, Paris 1934 », « Roland Barthes, Essais critiques IV Le Bruissement de la langue aux Éditions du Seuil Imprimerie Hérrissey à Évreux 1984 », « Léo Malet, Pas de Bavards à la Muette, Nestor Burma enquête dans le 16e, Robert Laffont Achevé d'imprimer le 25 juin 1956 par Emmanuel Grévin et fils à Lagny-sur-Marne pour Robert Laffont Éditeur à Paris »,

---

[121] « Dimanche soir » Solo de contrebasse thème de jazz composé par Emmanuel Thiry (Katrami Duet)

« L'Ymagier de Jean Lebédeff, Préface de Pierre Champion, Paris, 1939 avec un portrait de Jean Lebédeff par lui-même ».

Enfin, une question allait avoir une réponse. Il allait savoir qui était l'auteur des illustrations de sa « Légende de Saint Julien l'Hospitalier ». Il ouvrit le livre sur le portrait de Jean Lebédeff, c'était bien lui qui signait J. — L. Jules lui trouva une tête sympathique, une figure qui lui rappelait son grand-père qui travaillait à la verrerie de Meisenthal. Cette découverte était un éclaircissement qui diminuait le nombre de ses incertitudes ; une énigme de moins à résoudre ; le long parcours de cette enquête pouvait donc aboutir à des solutions. Une lueur d'espoir pointait. Jules se sentait toutefois ballotté en tous sens par ses ignorances multiples. Il se sentait paralysé, « près d'un fleuve dont la traversée était dangereuse, à cause de sa violence et parce qu'il y avait sur ses rives une grande étendue de vase. »[122]

Il devait pourtant y avoir une issue, un passage quelque part. Il jeta un œil distrait sur L'Ymagier de Lebedeff. Il y apprit qu'il était d'origine russe, né le 25 novembre 1884 à Bogorodskïé. En 1909 il était venu s'installer à Paris. Dans le quartier Montparnasse, il rencontra de nombreux artistes : Picabia, Maïakovski, Ravel, Mac Orlan, Eric Satie, Blaise Cendrars, Soutine, Modigliani, Kardtaplash… Jules s'apprêtait à se plonger dans ce livre, quand un autre titre l'appela soudain, lui glaçant la moelle épinière : « Quel petit vélo à guidon chromé au fond de la cour ? » C'était une édition de poche anodine imprimée en 1982, apparemment sans

---

[122] Gustave Flaubert, La Légende de Saint Julien L'Hospitalier, Le Livre de Demain, Arthème Fayard p. 82

grand intérêt, mais Jules se précipita sur le quatrième de couverture : l'auteur s'appelait Georges Perec, et cet ouvrage donnait la recette du riz aux olives. Il ouvrit les pages au hasard et comprit vaguement qu'on y contait les aventures d'un objet fort ordinaire qui s'avérait être assez inquiétant (il faut se méfier du banal) :

« C'était une table de campagne, manifestement peu habituée à la civilisation trépidante des grandes zones urbaines ; elle avait gardé de ses origines rurales une propension parfois inquiétante au nomadisme ; elle avait manifesté envers nous, au début, d'une hostilité opiniâtre, muette, mais terriblement efficace et il nous avait fallu presque six mois de patience, de douceur, de fermeté — mais nous ne l'avons jamais brutalisée, rassurez-vous — pour obtenir qu'elle nous obéisse une fois pour toutes à sa place et se tienne tranquille quand on lui mettait le couvert. »[123] Quatorze pages plus loin, la table était devenue tellement conciliante qu'elle acceptait qu'on lui pose sur le dos « un grand plat de riz orné de force olives et filets d'anchois disposés en quinconces, alternant avec de petits entassements de concombres en rondelles eux-mêmes flanqués de petites crevettes décortiquées, le tout délicieusement recouvert d'un semis de poivrons coupés fin, de câpres et de jaunes d'œufs durs pareils à des boutons d'or. » L'abnégation de cette table est finalement touchante se dit Jules, en refermant le livre...

Pourtant il ne se sentait pas au bout de ses peines. Certes on peut vaincre la résistance d'une table en lui posant un plat de riz sur les épaules, mais peut-on éclairer l'obscur mystère d'un pont en lui faisant défiler un flot

---

[123] Georges Perec, Quel petit vélo avec un guidon chromé au fond de la cour ? Folio 1982 pp. 51 et 52

ininterrompu de poids lourds et d'automobiles sur la colonne vertébrale ? Ne risquait pas, ce faisant, de lui déformer l'ossature ? D'effacer tous les indices d'un éventuel délit ? Bref, de supprimer toutes traces de mystère au point de lui donner une allure de pont banal ? Les quatre têtes d'acier qui pointaient par-dessus les toits laissaient peser leur regard de commisération ironique…

    Alors Kostelos décida de s'éloigner le plus possible du pont. Il se dirigea vers le centre-ville rive droite et s'installa à la terrasse d'un café situé juste en dessous de la statue de Flaubert. C'était un endroit ensoleillé, idéal pour faire le point, on n'y voyait point le pont. Depuis qu'il avait compris que les trois bibliothécaires aux airs louches étaient réellement suspects, il les avait surveillés de plus en plus étroitement. En flânant d'un air détaché dans la foule des touristes de l'armada, il scrutait scrupuleusement les « crapahutages » de ces trois crapules aux alentours de la TGMO. Le soir il les prenait discrètement en filature. Le matin il s'assurait qu'ils prenaient bien leur service à l'heure. À force d'obstination et de persévérance, il était parvenu à un résultat. Un matin, il avait aperçu Fulbert Astaguve et Berualf Vetusga en train de forcer la porte d'une puissante voiture de marque étrangère. Il avait noté le numéro d'immatriculation et avait lancé l'alerte auprès du commissaire. Une traque policière s'était engagée. On l'avait retrouvée à Mantes-la-Jolie, elle fonçait vers Dreux. On la retrouva à Chartres, on la perdit dans les rues de Pithiviers, on la retrouva entre Montargis et Auxerre. Six motards, trois voitures de police la prirent en chasse. Ils traversèrent Clamecy, Chalon-sur-Saône, Louhans, Bourg-en-Bresse. Un barrage fut installé à la sortie de Bourg, mais la voiture des malfrats réussit à le fracasser et à le franchir. On fit décoller deux hélicoptères qui les localisèrent au moment où ils se dirigeaient vers le petit bourg de Priay. Et c'est ainsi qu'ils furent arrêtés. Seulement, voilà, ils n'avaient pas le moindre vélo sur eux. Ils étaient néanmoins en possession de ce « Flaubert et la musique » d'Onésime Dubois, cette thèse que Jules Kostelos voulait tant lire, mais qui était à présent dans les mains de la police. Avait-il un espoir de pouvoir la lire un jour ?

      Il rentrait donc chez lui, passablement maussade. En traînant les pieds, il entra dans la cour et sursauta. Accoudé au mur couvert de vigne vierge, un vélo avec un guidon chromé le narguait.
Ce fut comme si une bombe lui avait éclaté à la figure. Il crut comprendre. Le livre de Georges Perec chez le bouquiniste. Son angoisse. Ce sombre pressentiment sans explication possible qui pouvait faire naître toutes les angoisses… Que faisait ce vélo à cet endroit ? Qui avait pu le mettre là ? La porte de la cour fermait à clef. Jules était le seul à en avoir un jeu. C'était étrange, incompréhensible, bizarre. Il peut arriver que l'on se fasse voler un vélo par effraction. Il est beaucoup plus rare qu'on en commette une pour vous en offrir un. Il s'approcha de l'engin. Il l'examina sous toutes les coutures (si tant est qu'on puisse s'exprimer ainsi pour un objet qui est construit avec des vis et des soudures). C'était un splendide vélo de compétition. Jules n'y connaissait rien en bicyclette, mais il sentit intuitivement que celle-ci avait quelque chose d'inhabituel. Il appuya machinalement sur la pédale de frein, on entendit une voix grésiller. Une voix de femme chantait…

      « Maître Requin, dans l'océan niché
    Broyait dans ses crocs deux guiboles,

> *Dame Sirène par l'odeur appâtée*
> *L'admire sourit, puis rigole… »*

Le détective passait de surprise en surprise. Il n'avait jamais vu de sa vie une bicyclette qui puisse faire de la musique lorsqu'on appuyait sur sa manette de frein. Un souvenir très lointain lui revenait cependant. Quand il avait deux ou trois ans, dans son village natal de Meisenthal, il avait eu pour Noël un petit tricycle qui faisait une mélodie de xylophone lorsqu'on le faisait rouler. Mais un vélo d'adulte, avec une vraie chanson dont on comprenait parfaitement les paroles, il n'avait jamais vu ça. Il n'était pas au bout de ses surprises.

Petit à petit des images se mirent à circuler dans son esprit, des images familières et surprenantes qui semblaient revenir de loin… Des souvenirs endormis qui soudain se réveillaient. Ce chant : « Maître Requin dans l'océan niché… » Il se souvenait qu'il l'avait entendu, c'était avant la chute du volet, Place des Carmes. Il était sous la statue de Gustave Flaubert. Il avait regardé dans la direction de son regard. Il avait aperçu cette fenêtre d'où sortait cette voix qui chantait, derrière des volets à moitié fermés. Il pleuvait.

Le vent soufflait. Une rafale plus forte que les autres avait arraché un volet. Il était tombé. La femme s'était penchée à la fenêtre. Elle l'avait regardé fixement d'un regard intense, comme lorsqu'on essaie de fixer dans sa mémoire le regard d'un intrus. Il avait cru reconnaître la silhouette de Graziella sans en être sûr… Qu'avait-il fait ensuite ce soir-là ? Il s'interrogeait en contemplant le vélo. Aucun doute n'était possible. C'était bien le vélo de Jeton. Celui pour lequel il s'angoissait depuis plusieurs jours était tout simplement sous ses yeux, dans sa cour. Après la chute du volet, où était-il allé ? Il avait sans doute erré longtemps dans les rues. Ensuite il s'était probablement rendu sur le pont Flaubert... Il n'avait aucun souvenir précis de ce qui s'était passé ce soir-là. Et si le voleur du vélo c'était.... ....

L'hypothèse qui s'imposait à son esprit lui semblait tellement incroyable qu'il la refusait... Ce ne pouvait pas être lui : Jules Kostelos, avec son physique de héros, droit et incorruptible... Ce ne pouvait tout de même pas être lui avec son sourire d'une blancheur loyale, sa corpulence probe et ses costumes sobres.... Ce ne pouvait pas être lui qui avait volé le vélo du commissaire ! Et pourtant tous les indices semblaient concorder : l'individu mystérieux qui avait intrigué et agacé Graziella Flobbaire, sur la place des Carmes, le cycliste pressé que Fulbert Astaguve et Berualf Vetusga avaient aperçu sur le pont Flaubert filant vers la rive-droite ne pouvait être que lui Jules Kostelos...

On comprendra la difficulté qu'éprouvait notre détective à supporter ce sentiment de culpabilité sans qu'il soit besoin d'insister...

— Ça y est les voiliers s'envolent !... lança une petite fille perchée sur les épaules de son papa.

La foule était en liesse. Une liesse légère, fraîche comme un petit matin d'été. C'était le jour du départ des grands voiliers. La fin de la fête, mais le début d'une autre. La longue procession des grands voiliers sur la Seine jusqu'à la mer. Les quais du port étaient noir de monde. Le pont Flaubert avait levé ses tabliers à leur hauteur maximale, il avait pris sa forme d'Arc de Triomphe futuriste... Les grands navires devaient le franchir un par un, en lui tirant la révérence. Le Staatraad Lehmkuhl, grand trois-mâts barque norvégien de quatre-vingt-dix-huit mètres de long avec sa coque blanche, L'Amerigo Vespucci avec sa coque noire ornée de bandes blanches horizontales, Le Mir, grand bateau russe, le J. R. Tolkien, petit voilier hollandais, Le Bazar de la Littérature[124], élégante goélette dont la proue était ornée d'un buste de Jane Austen, et la proue d'un portrait de Barjavel.

Sur le pont, un septuor jouait une version (réduite) de la « Symphonie Fantastique » de Berlioz. Un petit homme aux cheveux roux arborait un sourire narquois. Sur son visage (à moitié masqué) flottait quelque chose de mystérieux, d'énigmatique. Il portait un chapeau un peu bizarre : un haut-de-forme dont la couleur changeait perpétuellement, un « chapeau caméléon ». À sa gauche, un solide gaillard revêtu d'une combinaison de fourrure qui le faisait ressembler à un gorille portait un masque de crocodile. Trois colombines agitaient des castagnettes, deux arlequins frappaient des tambourins, deux contrebassistes tiraient sur leurs cordes. Ils jouaient la valse de la Symphonie Fantastique de Berlioz. Derrière cette goélette venait Le Galion des Étoiles[125], un immense navire à trois-mâts, arborant un drapeau européen rempli d'étoiles, il avait été affrété par l'association des blogueurs littéraires amateurs de littérature fantastique. Ses cales abritaient une médiathèque d'un éclectisme joyeux. Sur le pont, aux sons d'une composition de John Cage, un robot trapu en forme de lave-vaisselle humaniste dansait en enlaçant tendrement une longiligne lunette astronomique, montée sur quatre pieds qui lui donnaient une allure de girafe futuriste. Ce navire avançait à l'aide de voiles et de

---

124 Hommage de l'auteur au blog littéraire « Le Bazar de la littérature » http://bazar-de-la-litterature.cowblog.fr

125 Hommage de l'auteur de ces lignes au site internet « Le Galion des Étoiles » https:// www.legaliondesetoiles.com

grands panneaux solaires. Derrière lui arrivait « La Barque Hamilcar » qui ressemblait « à un grand oiseau frôlant de ses longues ailes la surface » de la Seine. « C'était un navire à trois rangs de rames ; il y avait à la proue un cheval sculpté » c'était une trirème, la reproduction d'une trirème phénicienne.

« Elle s'avançait d'une façon orgueilleuse et farouche, l'antenne toute droite, la voile incurvée dans la longueur du mât, en fendant l'écume autour d'elle ; ses gigantesques avirons battaient l'eau en cadence ; de temps à autre, l'extrémité de sa quille, faite comme un soc de charrue, apparaissait, et sous l'éperon qui terminait sa proue, le cheval à tête d'ivoire, en dressant ses deux pieds, semblait courir sur... »[126]... les flots de la Seine. À son bord une troupe de comédiens chamarrés chantaient l'air de Henry Purcell : Come away fellow sailors[127]. Tous ces grands princes de la marine à voiles étaient obligés de baisser la tête sous le ventre de ce pont qui malgré ses cinquante mètres de haut, ne parvenait pas à atteindre la hauteur des plus grands mâts. Tous (excepté « La Barque Hamilcar », qui gardait sa fierté) avaient donc dû rabattre un peu, replier, démonter, le haut de leurs mâts pour ne pas dépasser la hauteur limitée.

C'était donc à une longue procession de navires un peu abattus, à laquelle on pouvait assister. Comme s'ils avaient reçu le ciel sur la tête, ils défilaient telle une forêt élaguée, les voiliers rapetassés. Le spectacle était grandiose tout de même. Le pont, élevé de toute sa hauteur semblait sensible à l'hommage qui lui était rendu.

---

126 Gustave Flaubert, Salammbô, Édition Garnier Flammarion
   p. 118
Chapitre VII Hamilcar Barca
127 Air de l'acte III de l'opéra de Henry Purcell « Didon et Enée. »

Chaque équipage y allait de sa sirène, les mâts étaient pavoisés de toutes les couleurs. La cuvette dans laquelle Rouen somnolait se transformait en un résonnant amphithéâtre, rempli des vibrations d'un orgue gigantesque dont les tuyaux faisaient sonner leurs harmoniques sous la lyre du pont dont les cordages étaient tendus à l'extrême.

Il fallait qu'ils soient solides ces fils d'acier pour ne pas faire retomber sur la tête des navires les deux morceaux d'autoroute qu'ils soulevaient dans le ciel. La foule nombreuse, bigarrée, estivale s'agglutinait sur les rives de la Seine transformée en un immense gradin qui s'allongeait de Rouen au Havre.

Au milieu de cette agitation, Jules Kostelos cicatrisait son sentiment de culpabilité en regardant d'un air timide le pont qui, relevé de toute sa hauteur, semblait le désapprouver du regard d'acier de ses quatre papillons. Mais ce n'était pas le pont qui jugeait Jules, c'était sa conscience qui cherchait à s'expliquer cet étrange déroulement des faits dont il n'avait qu'un souvenir imparfait pendant qu'il se livrait ainsi à des efforts de mémoire, solitaire dans la foule, sur les routes qui bordaient la Seine, une file ininterrompue de voitures emmenaient leurs flots de touristes. Chacun se mettait en route en quête de la meilleure place : la meilleure, celle qui serait isolée, loin des autres. Mais cette place-là n'existait pas, des spectateurs s'étaient installés tout le long du trajet.

Sur une route où la rive verdoyait, dans le flot des voitures banales qui défilaient, l'une d'entre elles frappait par sa somptuosité exceptionnelle. Un cabriolet rouge, flambant neuf. Une « Spirit Phyakhr sept-cent-deux ». Il s'agissait du véhicule d'Eve Hélot-Aroux. Elle conduisait. Assis à côté d'elle, Édouard Charbovari rentrait la tête dans les épaules, maussade, penaud, épais, pesant. Il se faisait enguirlander :

— Y en a marre de tes tentatives de justification, de tes explications bancales, de tes phrases interminables qui n'arrivent nulle part

— Mais je…

— Non ! Tu… rien du tout ! Voilà une heure que tu me ventiles les oreilles avec ton bourdonnement de volucelle bombilante. J'en ai marre ! Le spectacle n'a pas eu lieu, c'est de ta faute. Tu es nul, c'est tout. Descends s'il te plaît.

Elle stoppa sa voiture et fit descendre Édouard Charbovari sur le bas-côté de la petite route qui serpentait entre le fleuve et des vergers remplis de pommiers. Il ne faut pas confondre la volucelle bombilante avec le violoncelle bedonnant qui est une petite contrebasse. La volucelle bombilante est la « mouche du rosier », un insecte, paraît-il, très courant sur les églantiers. Eve ne souhaitait pas qu'on la prenne pour un églantier.

Elle avait donc éconduit Édouard Charbovari avec élégance mais brusquerie. Mais pour bien comprendre les véritables raisons de la mauvaise humeur d'Eve Hélot-Aroux, il faut se reporter quelques jours plus tôt.

Le jour où il avait découvert le vélo de Jeton, Jules ne s'était pas seulement aperçu qu'il avait enregistré une chanson. Sur l'appareil enregistreur du vélo, on pouvait également entendre une longue conversation.

Elle avait eu lieu pendant une randonnée du dimanche des CSCAPR, entre Édouard Charbovari et un autre cycliste. Jeton avait ce jour-là prêté son vélo à

Charbovari. La voix de l'autre cycliste n'était pas totalement inconnue à Jules Kostelos, il lui fallut chercher quelques instants, mais il avait fini par découvrir qui se cachait derrière cette voix, légèrement antipathique.

Il s'agissait de celle de Georges Astulf.
Le bibliothécaire faisait donc, lui aussi, partie des CSCAPR. Pourquoi avait-il prétendu aussi vite qu'il détestait le vélo ? Georges Astulf avait plusieurs choses à cacher, mais n'anticipons pas, rappelons les faits avec ordre. La conversation d'abord. Edouard Charbovari faisait part à Georges Astulf de ses ennuis avec sa compagne Eve Hélot-Aroux. Eve Hélot-Aroux était donc la compagne d'Édouard Charbovari ? Jules Kostelos ne parvenait pas à le croire. Edouard Charbovari vivait avec une chanteuse aussi connue qu'Eve Hélot-Aroux.... C'était extraordinaire.

Mais la vie avec celle-ci n'était visiblement pas de tout repos. Depuis qu'elle avait appris qu'il montait « Le Don Juan Somnambule ou la chute du pont » avec Graziella Flobbaire et Gaétan Bottesini, Eve Hélot-Aroux était absolument furieuse contre lui.

— Le Don Juan ou la chute du pont c'était mon projet !!!
Elle était ulcérée. Elle hurlait. C'était elle qui avait la première eu l'idée de monter ce projet. Il devait être grandiose. Pendant la représentation, il était prévu que l'on fasse monter et redescendre le pont à trois reprises avec des feux d'artifice tirés des quatre papillons. Elle avait l'exclusivité de ce projet, l'avait présenté avant lui. Il avait été refusé pour de vulgaires raisons budgétaires, il était donc insensé qu'Édouard s'apprête à le monter avec cette Graziella Flobbaire, une espèce de clown monté sur

quilles, mais en rien une actrice !!!

« Ce projet à la ramasse était vulgaire et bas !! Nul à l'avance !!! » Eve Hélot-Aroux avait donc décidé de se venger en faisant sauter le pont avec un explosif. « Comme ça on allait en avoir un feu d'artifice, un vrai ! Un flambant ! Un qui resterait dans l'histoire de l'art !!! ».

Edouard Charbovari était donc assez ennuyé. La veille, il s'était fait passer un savon par Eve toute la soirée. Alors il racontait tout à Georges Astulf, pour prendre conseil, pour savoir comment réagir. Il n'osait pas en parler avec le commissaire Jeton, il ne voulait pas faire d'ennui à Eve Hélot-Aroux. Elle avait peut-être un projet grandiose, mais il était trop cher… Quand Édouard avait rencontré Graziella Flobbaire, elle lui avait présenté le projet qu'elle avait préparé avec Gaétan Bottesini. C'était moins ambitieux que le projet d'Eve Hélot-Aroux, il n'y avait que trois personnages. Ça ne coûtait pas cher, ils pouvaient le jouer à trois, sur le pont, avec une bonne sono et quelques projecteurs. On évitait la montée du pont, mais il y avait ce plongeon dans la Seine (avec des mannequins et une utilisation judicieuse de la vidéo, tout le monde y croirait), ce serait spectaculaire, et pour une fois que l'on pouvait monter un auteur local. Et Charbovari avait même plaisanté : « Peut-être qu'un jour le pont s'appellera pont Gaétan Bottesini. T'imagines ça ? »

Georges Astulf avait bien entendu conseillé de ne pas en parler au commissaire Jeton, il ne fallait pas prendre Eve Hélot-Aroux au sérieux....
En écoutant cette conversation inattendue entre Édouard Charbovari et Georges Astulf, Jules Kostelos fut un peu déçu. L'opéra de Gustave Flaubert et Giovanni Bottesini

n'existait donc pas. Quel dommage, toutes ces recherches qu'il avait faites en bibliothèque étaient donc totalement inutiles, quel dommage.

Il n'en demeurait pas moins qu'Eve avait menacé de faire sauter le pont avec des explosifs.

Un danger existait. Jules comprenait à présent pourquoi le commissaire Jeton tenait tant à son vélo, pourquoi il lui avait demandé de s'en occuper, et pourquoi il ne pouvait pas compter sur Édouard Charbovari. Il décida donc d'appeler le commissaire. Il ne savait pas exactement comment faire. Il pouvait lui dire qu'il avait retrouvé son vélo, mais fallait-il avouer que c'était lui qui l'avait volé ? Il tergiversa quelques instants, puis se décida, en se disant qu'il improviserait. On verrait bien.

Le commissaire Jeton fut charmant. Il était tellement heureux que l'on retrouve son vélo qu'il ne posa aucune question sur l'identité du voleur. Il se contenta de le féliciter.

— Bravo, vous avez fait du bon boulot ! Je viendrai récupérer ma petite reine demain matin. Huit heures trente, ça vous va ? Elle est géniale non ? C'est astucieux ce petit système d'espionnage intégré ? C'est très pratique pour mon boulot. Quand je veux piéger quelqu'un, je lui prête mon vélo. Il y a même une caméra dissimulée, je peux avoir le son et l'image. C'est parfait pour les enquêtes.

Après avoir raccroché le téléphone, Jules n'était toutefois pas tranquille. Le commissaire ne le manipulait-il pas ? N'allait-il pas finir par le piéger et l'inculper du vol du vélo ? La suite allait lui réserver encore quelques surprises. Le lendemain, le commissaire vint chercher son

vélo à l'heure convenue. Il voulut absolument lui faire la démonstration de tous les gadgets de son engin : il faisait appareil enregistreur, caméra, téléphone, il était relié à internet et il y avait même un petit moteur pour arriver premier dans les côtes, le tout fonctionnait sur la dynamo. Au bout de 120 kms, l'énergie produite était telle qu'en le repliant d'une certaine manière, il pouvait servir de barbecue pour faire des grillades ou chauffer un café. C'était une énergie entièrement autoproduite. Il était de plus ultraléger, avait été fabriqué par la firme Michaux de Bar-le-Duc par un descendant de l'inventeur de la Michauline. Le commissaire proposa à Jules de l'essayer, mais il refusa, de peur de tomber dans un piège...
Ils discutèrent ensuite de la décision à prendre concernant la représentation du Don Juan Somnambule ou la chute du pont.

Le commissaire demanda à Jules s'il considérait le risque d'attentat comme sérieux. Il avait dû apprendre de nombreux renseignements sur tous les protagonistes de cette affaire dans sa longue enquête. Jules n'osait avouer au commissaire que ce n'était pas le cas puisqu'il avait travaillé sur tout autre chose. Alors il se fia à son instinct en répondant qu'Eve Hélot-Aroux était sans doute capable de commettre bien des imprudences et qu'il valait mieux annuler le spectacle, ce qui enlèverait tout mobile à l'attentat. Il conseilla également au commissaire de mettre Mademoiselle Eve Hélot-Aroux sous surveillance. Il eut raison de le faire. On la mit sur écoute téléphonique. Elle tenta d'appeler à plusieurs reprises Georges Astulf. On découvrit que celui-ci était complice d'Eve Hélot. Il était prévu que sous sa responsabilité, Berualf Vetusga et Fulbert Astaguve posent leurs explosifs dans la nuit du 2 au 3 juillet. La tentative avait raté à cause de la présence du commissaire et de Charbovari sur le pont. Astulf avait volé le vélo. C'était lui le voleur de vélo. C'était lui et non pas Jules que Berualf Vetusga et Fulbert Astaguve avaient aperçu.

C'était lui qui avait déposé le vélo chez Jules, pour le mettre en difficulté. L'affaire se termina donc par l'inculpation de Georges Astulf pour vol de vélo, et d'Eve Hélot-Aroux pour tentative d'attentat sur le pont Flaubert et vol d'imprimé à la bibliothèque Louise Colet. C'était en obéissant à ses ordres que Berualf et Fulbert avaient volé le mémoire d'Onésime Dubois, ils étaient chargés de le mettre en sécurité dans une banque suisse. Qu'est-ce que ce mémoire universitaire avait de précieux ? Jules n'allait pas tarder à l'apprendre. Lors de cette rocambolesque course-poursuite, Berualf et Fulbert n'avaient pas seulement été poursuivis par la police. Parmi les motos, il y en avait une — civile — pilotée par une mystérieuse femme en noir. Les policiers l'avaient tout d'abord prise pour une journaliste, l'une de ces intrépides qui sont sur l'événement avant qu'il ait eu lieu. Cette jeune femme se présenta bientôt à Lucie-Luc Delarue-Mardrus pour récupérer l'ouvrage d'Onésime Dubois, ainsi qu'elle en avait le droit.

Cette motarde n'était autre en effet que Salammbô la conservatrice en chef de la TGMO Louise Colet. Alors qu'il contemplait le défilé des grands voiliers Jules entendit soudain derrière son dos une grosse moto qui venait de freiner.

Salammbô, la chevauchait, en brandissant le mémoire « Flaubert et la musique » d'Onésime Dubois. Elle s'exclama joyeusement :

— Regarde ce que je viens de trouver sous les pneus de ma moto !!!

Elle ouvrit le cahier, en sortit le petit livret de vingt pages dont la couverture représentait deux personnages. Ils étaient presque collés l'un à l'autre. Celui de droite était vêtu à la manière d'un amiral, tel que les amiraux étaient costumés vers 1500. Il avait la tête auréolée d'une espèce de lumière. Un foulard était noué autour de son cou, comme ceux des cow-boys dans les westerns. Une ceinture ou plutôt une étoffe lui serrait la taille et tenait fermé son vêtement qui lui arrivait à mi-cuisse. Il n'avait plus de souliers. Il tenait l'une des extrémités de l'étoffe qui lui servait de ceinture de sa main gauche. Son bras droit était passé autour de la taille du personnage situé à sa gauche.

Celui-ci n'avait guère l'air plus florissant. Maigre, à peine habillé, une pièce de tissu nouée autour de la taille. Ce personnage avait une allure de vagabond, il venait de sauver son voisin de la noyade. Au-dessus de la gravure on pouvait lire : Gustave Flaubert, « Le Dom Juan Somnambule ou la chute du pont » argument d'opéra composé pour Giovanni Bottesini, le créateur d'Aïda de Giuseppe Verdi. C'était ce livret qu'Eve Hélot-Aroux avait découvert et qu'elle aurait voulu dévoiler au public de l'Armada, dans un opéra électro qui devait embraser le pont Gustave-Flaubert, un projet un peu trop coûteux… Jules ouvrit le livret : « Rouen, deuxième ville du royaume de France voit aujourd'hui s'élever au milieu de la Seine, les ruines d'un vieux pont de pierre qui n'est toujours pas reconstruit en l'an de grâce 1709. Les érudits, les savants, les personnes autorisées par la Sorbonne à imprimer la vérité, se sont toujours partagés sur les raisons de cette destruction.

L'état de disgrâce dans lequel nous a placé une cabale infâme autant qu'infondée (sur laquelle il est inutile de revenir ici, car nous savons lecteur, qu'en lisant ces lignes tu épouseras notre cause) nous a permis de trouver de longs instants de retraite, de silence et de lecture qui nous ont conduit à découvrir les raisons véritables, incontestables, de ces malheureux événements.... »

— Ah ça ! s'exclama Jules Kostelos, en retournant le livret dans tous les sens, n'est-ce pas la copie du texte publié sous le titre « Gustave le Faubert et l'Eve Hélot » par R.-G. Astulf ???

Tandis que la fête battait son plein, et que s'écoulait le défilé des grands voiliers qui quittaient le port, Jules, adossé à la moto de Salammbô, s'abandonna à sa gymnastique préférée : la lecture. Il survolait avec agilité les phrases qui s'écoulaient sous ses yeux ; en savourait le rythme. Il se laissait bercer par le flot des substantifs, verbes, adverbes et adjectifs. Bondissant de virgules en points-virgules, il pirouettait sur des points finaux pleins de finesse... En progressant dans le texte, il s'aperçut dès le deuxième paragraphe que ce livret d'opéra était bien différent, bien plus coloré, chatoyant, bien plus réussi et palpitant que le « Gustave le Faubert et l'Eve Hélot » de SR-.G. Astulf. Jules s'y plongea, émerveillé. Il n'en leva les yeux que lorsque son attention fut distraite par un bruit de moteur. Il vit surgir sous le pont Gustave Flaubert, un grand hors-bord aux formes futuristes. Sur sa proue on pouvait lire : « L'île à hélices de Jules Verne ». Le spectacle ne manquait pas de grandeur : « L'île à hélice de Jules Verne » passant sous le pont-levant Gustave Flaubert, tout un programme... »

songeait Jules tandis que le bateau accostait.

Graziella Flobbaire en descendit. Elle était accompagnée de Charles Hockolmess le chat noir et d'un grand gaillard un peu étrange, le front dégarni, les cheveux mal peignés « l'œil bleu, profond, pénétrant ; des moustaches de mantchou qui s'en va-t-en guerre ; une forte voix, une voix militaire et haute… »[128]

Cet étrange individu discutait avec Graziella et Charles, il protestait, mais on ne savait contre qui. Jules ne parvenait pas tout à fait à savoir s'il s'adressait uniquement à Graziella ou à la foule qui ne l'écoutait pas :

« Les gens légers, bornés, les esprits présomptueux et enthousiastes veulent en toute chose une conclusion ; ils cherchent le but de la vie et la dimension de l'infini. Ils prennent dans leur pauvre petite main une poignée de sable et ils disent à l'océan : je vais compter les grains de tes rivages. Mais comme les grains leur coulent entre les doigts et que le calcul est long, ils trépignent et ils pleurent. Savez-vous ce qu'il faut faire sur la grève ? Il faut s'agenouiller ou se promener. Promenez-vous ! Aucun génie n'a conclu et aucun grand livre ne conclut ! parce que l'humanité elle-même est toujours en marche et qu'elle ne conclut pas… »[129]

---

[128] Portrait présumé de Gustave Flaubert par Edmond et Jules de Goncourt dans leur roman « Charles Demailly » (Garnier Flammarion 2006 p. 160)

[129] Gustave Flaubert, Correspondance (Tome 3 p. 87) lettre à Mme Leroyer de Chantepie

Note de l'auteur

L'année 1821 marque le bicentenaire de Gustave Flaubert (né le 12 Décembre 1821) et Giovanni Bottesini (né le 22 Décembre 1821).

Cela valait bien une réédition, au format poche, de ce « polar décalé » dont une première version avait été publiée en 2012. Cette nouvelle édition a été revue, corrigée.

Les pages qui précèdent se veulent un « essai de roman » signé par un modeste lecteur de Gustave Flaubert. C'est aussi une invitation à le lire ou le relire. Cet auteur m'accompagne depuis si longtemps... Chaque relecture de ses œuvres est une nouvelle découverte d'un style, d'une musique, d'une prosodie. Le « polar décalé » que vous avez entre les mains n'épuise absolument pas tout ce que j'aurais pu écrire de ces lectures. Il n'est qu'un moment : une improvisation.

Cette improvisation est d'abord une « fantaisie », un « écho d'écriture » né de l'envie de brosser un récit dont le pont Gustave Flaubert (récemment construit à Rouen) serait comme une sorte d'accompagnement de contrebasse : une présence/absence, une discrète, mais imposante suite de notes dont on pourrait presque se passer, et qui sont pourtant indispensables. Depuis longtemps je m'interroge sur les rapports entre Flaubert et la musique. Il y a de la musique dans son écriture : celle de ses romans, mais aussi celle de sa correspondance.

De cette musique-là, je n'ai pas voulu me passer, c'est une des raisons des nombreuses citations qui émaillent le cours de ce texte. Ces citations jouent ici le même rôle que ces thèmes musicaux empruntés que l'on trouve chez de nombreux musiciens : Jean-Sebastien Bach empruntant à Vivaldi, Serge Gainsbourg empruntant à Chopin… Bien entendu vous chercherez en vain dans les bibliothèques ou les librairies le mémoire d'Onésime Dubois : « Flaubert et la Musique ». Onésime Dubois est un personnage cité dans « Le Château des cœurs » une « féérie » écrite en collaboration par Gustave Flaubert, Louis Bouilhet et Charles d'Osmoy destinée à être représentée sur scène. Un spectacle qui n'a jamais été monté du vivant de Flaubert (peut-être parce que dans la réalité, Giovanni Bottesini et Gustave Flaubert ne se sont jamais rencontrés. Onésime Dubois aurait donc pu sombrer dans l'oubli. Je me suis permis de lui faire passer une maitrise de musicologie, mais tout ceci n'est que pure fiction.

On ne trouve guère de textes de Flaubert évoquant de manière précise une écoute musicale de mélomane sensible à la musique. Les goûts musicaux de Flaubert sont même un peu décevants : il cite Donizetti [Lucia di Lamermoor dans Madame Bovary], ou Meyerbeer [Le Prophète interprété par Pauline Viardot évoqué dans la correspondance], mais on ne sait comment il écoutait la musique.

Il connaissait Hector Berlioz, mais on ne trouve guère de traces, dans son œuvre ou sa correspondance, de la musique de ce compositeur, si ce n'est des parentés, des échos. Salammbô n'est-il pas une oeuvre dont l'écriture est la plus « berliozienne » qui soit ? Pas d'évocation précise d'une écoute musicale de mélomane sensible chez Flaubert, donc… Mais qu'est-ce qu'une « évocation précise d'une écoute musicale de mélomane sensible à la musique ? » Pour ne pas avoir à répondre à cette question j'ai « botté en touche » et j'avais pour cela un personnage parfait : Giovanni Bottesini, un virtuose hors-pair de la contrebasse ; le Liszt ou le Paganini de la contrebasse. Il était aussi chef d'orchestre renommé : c'est lui qui a créé Aïda de Verdi le 24 décembre 1871 au Caire. Il a également composé un nombre impressionnant de partitions : musique de chambre ou concertos où la part belle est donnée à la contrebasse ; mais aussi de nombreux opéras complètement oubliés aujourd'hui. De cet illustre musicien, j'ai décidé de faire, dans ce roman, un personnage de fiction qui « aurait » rencontré Gustave Flaubert. C'est évidemment pure fantaisie de ma part. Mais la fantaisie a ceci d'intéressant qu'elle permet de tout éclairer sous un angle inexploré.

En lisant ce roman vous avez peut-être trouvé autre chose qu'un simple hommage à Flaubert. Vous n'aurez pas obligatoirement tort.

Ce livre est dédié à mon petit frère, le jazzman Emmanuel Thiry, qui sait faire résonner sa contrebasse avec tant de talents et d'inventions.

Avant de poser le point final, je tiens à remercier chaleureusement Geneviève Husson qui a pris le temps de lire la première impression de ce roman avec une vigilante attention avant de faire honneur à ce livre en publiant une chronique à son sujet dans la revue universitaire « Études Normandes » du mois de juin 2013.

Table des matières

Chapitre I ....page 5

Chapitre II…..page 19

Chapitre III…..page 31

Chapitre IV…..page 45

Chapitre V…..page 61

Chapitre VI…..page 77

Chapitre VII…...page 95

Chapitre VIII…..page 125

Chapitre IX…...page 131

Chapitre X…..page 155

Chapitre XI…...page 169

Note de l'auteur …...page 195

Photo de couverture par © 2021, Pierre Thiry

Édition : BoD – Books on Demand,
12/14 rond-point des Champs-Élysées,
75008 Paris

Impression : BoD – Books on Demand, Norderstedt, Allemagne
ISBN : 9782322377060
Dépôt légal : juillet 2021